KB116876

명강사 명강의를 위한
신나는 강의 기법

SPOT

명강사 명강의를 위한
신나는 강의 기법

SPOT

이광재 지음

해피&북스

이 책은 강의를 하거나 프로그램을 운영하는 사람들을 위하여 저술하였다. 학습자들과 처음 만나거나 계속되는 일정 속에서 피교육자나 참여자는 수동적일 수밖에 없다. 이럴 때 SPOT 강의는 빛을 발한다. SPOT 강의는 본론으로 들어가기 전에 하는 오프닝 스팟, 효과적이고 기억에 남는 종료를 위한 클로징 스팟이 있다. 스팟의 분야는 레크리에이션적 성격을 가지고 게임 스팟, 퀴즈 스팟, 액션 스팟, 카툰 스팟, 스토리 스팟의 기법 등으로 다양하게 만들어 사용할 수 있다. 통상 스팟은 긴장되고 침체된 분위기를 반전시키고 긍정적인 자기소개와 교류를 만들어 내는 아이스브레이크 기법, 참가자들의 적극적인 참여와 피드백이 있는 액션 러닝(Action Learning)으로서의 팀 빌딩 기법 등 현장에서 바로 활용할 수 있도록 구체적인 운영 방법과 학습방법으로 널리 사용되어 오던 것들이다.

이 책은 강의와 프로그램을 운영하는데 분위기를 바꾸거나 학습자들의 관심을 모두 강사에게 몰리게 함으로 교육의 효과를 높이고자 할 때 아주 유용하도록 하였다. 특히 강사, 교수, 교사, 레크리에이션, 청소년 지도자, 퍼실리테이터, 교육진행자, 소그룹 리더, 목회자를 위한 실전 교육지침서가 될 것이다.

지은이 이광재

CONTENTS

PART 11 실전! 실외 SPOT 강의

여

PART 01

SPOT 강의에는
어떤 것이 있는가?

SPOT 강의의 사용분야에는 크게 지식전달, 설득, 확신, 즐거움, 격려로 사용하고 있다. SPOT 강의를 하는 방법은 같지만 사용분야에 따라서 분위기를 고려하여 SPOT 강의를 해야 원하는 목적을 달성할 수 있다.

1. 사용분야에 따른 분류

지식전달을 위한 SPOT 강의

전달하고자 하는 것을 묘사하거나 말로 해서는 이해하기 어려운 지식을 게임이나 레크리에이션 형태로 알기 쉽게 만들거나, 시범으로 보이거나, 직접 참여하게 함으로 이해하기 쉽게 하는 데 주로 사용한다.

즐거움을 주기 위한 SPOT 강의

SPOT 강의를 통하여 즐거운 분위기를 조성하고 청중을 유쾌하게 만들고자 행하는 SPOT 강의이다. 사람들은 서로 간의 우호를 다지기 위해서 동창회나 계모임, 연회나 파티 등을 여는데 이러한 행사에서 행하는 SPOT 강의를 말한다.

격려하기 위한 SPOT 강의

격려 SPOT 강의란 청중에게 활력과 영감을 불어넣어 주기 위해서 행하는 SPOT 강의이다. 강의를 앞두고 있거나 강의가 끝난 후 사람들에게 지난날의 수고를 치하하고 용기 있게 미래를 향해 돌진할 수 있도록 그들의 정신력을 고무시키는 것이 격려 SPOT 강의의 주된 목적이다.

단결을 위한 SPOT 강의

참가자들 모두의 단결과 화합의 분위기를 조성하기 위한 SPOT 강의이다. 참가자들이 서로의 마음을 열고 협동을 함으로써 해결할 수 있는 다양한 게임과 활동 등을 통하여 자연스럽게 단결할 수 있는 기회를 제공할 수 있다.

참여를 위한 SPOT 강의

강사의 일방적인 강의로는 자칫 참가자들의 흥미를 잃게 하고 참가자들의 참여를 유도할 수 없어 강의 목표를 달성하기 어렵다. 참가자들의 적극적인 참여를 위한 다양한 SPOT 강의를 통하여 강의의 목표 달성을 쉽게 할 수 있다.

2. 상황에 따른 분류

준비된 SPOT 강의

가장 보편적인 SPOT 강의 접근 방식이다. 충분한 시간을 갖고 SPOT 강의 목적과 주제를 세운 뒤 내용을 구성하고, 청중 분석 등의 과정을 거쳐 효율적인 방법으로 메시지를 전달하는 경우를 말한다.

즉석 SPOT 강의

예상치 못한 자리에서 생소한 청중을 상대로 사전 준비 없이 진행하는 SPOT 강의를 일컫는다. 가령 특별한 행사나 수상 자리, 축하 메시지를 전하거나 자신을 소개해야 하는 자리에서 펼쳐야 하는 SPOT 강의를 말한다.

원고형 SPOT 강의

대통령 취임식 연설과 같이 원고형 SPOT 강의는 강의라기보다는 연설에 가까운데, 소요 시간이 길 뿐만 아니라 기술적인 내용을 담고 있는 다소 수준이 높은 SPOT 강의에 적합한 방법이다.

암기형 SPOT 강의

핵심 내용 또는 주제어를 암기한 뒤 이를 중심으로 나머지 내용을 풀어나가는 접근 방식이다. 대체로 특정 분야에 정통한 전문가들이 애용하는 방법으로, 청중과의 교감을 가장 잘 이룰 수 있는 방법 가운데 하나다. 청중과 충분히 시선을 교환할 수 있고 보다 자신감 있는 SPOT 강의를 진행할 수 있다.

대화형 SPOT 강의

SPOT 강의 중에서 학습자가 가장 능동적으로 참여시킬 수 있는 방법이다. 대화형 SPOT은 강사와 학습자가 서로 번갈아 가면서 자신의 의견을 발표하는 방법으로 SPOT을 진행하는 방법이다.

3. 장소에 따른 분류

실내에서 하는 SPOT 강의

실내에서 하는 SPOT 강의는 앉아서 하거나 일어나서 간단하게 움직일 수 있는 것들이 좋아 액션 러닝 적 성격이 강하다. 계단이 있는 실내는 학습자의 안전에 직접적인 영향을 미치는 요소이므로 움직임이 많은 SPOT 강의는 지양해야 하며, 앉아서 하는 SPOT 강의를 주로 실시한다.

실외에서 하는 SPOT 강의

실외에서 하는 SPOT 강의는 활동적인 것들이 많아 레크리에이션의 기능을 수행해야 한다. 그리고 실외에서 하는 SPOT 강의는 학습자의 지도관리가 어렵기 때문에 시야가 건물로 가려져서는 안 되며 강사가 눈이 부시지 않도록 남쪽에 위치하는 것이 좋다. 실외 공간의 지면은 학습자의 안전에 직접적인 영향을 미치는 요소이다. 따라서 잔디밭이나 모래가 있어서 다치지 않는 곳이 좋다.

4. 수업과정에 따른 분류

도입 부분

도입 부분에 사용하는 SPOT 강의는 매우 중요하다. 따라서 강사가 선택한 SPOT 강의에 대하여 어떻게 하면 학습자들이 정확하게 이해하고 흥미를 갖고 참여할 것인가를 고민해야 한다.

단순한 프로그램에 대한 소개나 진행방법에 대한 소개는 학습자들에게 큰 흥미를 유도하지 못한다. 따라서 도입에 사용하는 SPOT 강의는 학습자의 관심을 끌 만한 것이라야 한다.

전개 부분

전개 부분은 강의를 본격적으로 진행하고 있는 부분이다. 따라서 학습자들의 분위기와 참여도를 고려하여 준비해 온 SPOT 강의를 진행할 것인가 아니면 포기할 것인가를 고민해야 한다. 준비해 온 SPOT 강의를 전개 부분에서 진행하려면 다음과 같은 점을 주의하면서 진행해야 한다.

1) 학습자들이 학습에 몰입하고 있을 때는 실시하지 않는 것이 좋다.
2) 수업 도중에 학습자들이 지루하거나 흥미를 잃은 경우에는 자연스럽게 SPOT 강의를 진행한다.
3) 학습자들의 참여도가 적으면 억지로 진행하지 말고 SPOT 강의를 중단하고 학습으로 가거나 다른 SPOT 강의를 진행한다.

결론 부분

결론 부분은 학습자들을 학습에 몰입하고 그동안 수업에서 미진했던 부분을 채울 수 있는 마지막 기회가 주어진 곳이다. 따라서 수업을 마무리하는 결론 부분에서는 교훈이 되거나 감동을 줄 수 있는 SPOT 강의를 사용하는 것이 좋다.

결론 부분의 SPOT 강의는 학습자가 수업 도중에 얻은 지식을 이해하고 재구성하는 데 도움을 준다. SPOT 강의에서 적절한 피드백을 제공함으로써 학습자의 성취 욕구의 만족을 확인시키면서 새로운 과제에 대한 성취 욕구를 자극시켜 주는 것이다.

PART **02**

왜 우리는
SPOT 강의를
해야 하는가?

1. SPOT 강의란?

스팟(SPOT)은 영어의 SPOT을 그대로 옮긴 외래어로서 원뜻은 특정의 장소, 지점이란 뜻이다. 그러나 일반적으로 SPOT은 스팟방송이라는 방송용어의 약칭으로 프로그램과 프로그램 사이에 방송되는 광고방송을 말하나, 프로그램 안에서 방송되는 안내방송을 가리키기도 한다. 따라서 SPOT 강의는 강의를 진행하는 가운데 짧은 시간에 학습자의 참여와 흥미를 유발하기 위하여 하는 강의방법을 말한다. 결국 SPOT 강의는 학습자들의 차가운 마음을 열어 자기 주도적으로 수업에 참여할 수 있도록 하며, 학습자의 마음과 몸의 피로를 풀고 긴장을 해소시켜 학습에 대한 새로운 의욕을 하는 강의 기법이라고 말할 수 있다.

2. SPOT 강의의 필요성

수업에 임하는 학습자들은 대부분 수동적인 자세를 갖기 쉽다. 따라서 수업이 시작되면 서먹서먹한 분위기가 생기기 마련이며, 이는 학습자들의 수업에 대한 소극적 참여를 가져와 학습의 효과를 낮추거나 강사가 수업을 진행하는데 어려움을 준다.

수업의 원하는 학습 목표에 도달하기 위해서 가장 중요한 것은 학습자들의 수업에 대한 자발적인 참여가 매우 중요하다. 따라서 학습 목표의 도달과 함께 학습의 효과를 얻기 위해서는 학습자들의 자발적인 참여는 물론 적극적인 태도로 수업에 참여하게 해야 한다. 이처럼 수업에 자발적이고 적극적인 참여를 이루려면 SPOT 강의를 통하여 효과를 볼 수 있다. 이러한 SPOT 강의의 필요성을 보면 다음과 같다.

1) SPOT 강의는 학습자들이 수업에 흥미를 유발하여 자발적으로 참여하므로 명랑한 학습 분위기를 조성시켜준다.

2) SPOT 강의의 게임적 요소는 개인 스스로의 만족을 얻어 스트레스를 해소시켜준다.

3) SPOT 강의를 통해 학습자 간에 대인관계의 문을 열어주고, 조직에 대한 적응력을 길러준다.

4) SPOT 강의는 학습자들에게 "무엇인가를 해냈구나."하는 자기실현 또는 "내가 잘하기도 하지만 못하기도 하는구나."하는 자기성찰의 기회를 준다.

5) SPOT 강의는 학습자들의 잠재능력을 최대한도로 발휘할 수 있는 기회를 준다.

6) SPOT 강의는 건전하고 건설적인 방식으로 여가를 이용하는 기술, 방법, 관심을 갖도록 한다.

7) SPOT 강의는 정신 질환, 스트레스, 비활동적인 신체 등에 치료와 운동을 제공하는 역할을 하게 한다.

8) SPOT 강의는 창조적 표현과 미적 감각을 부여한다. 창조적, 개인표현, 미적 감상을 발휘할 수 있는 환경을 조성하고 동기를 부여한다.

3. SPOT 강의와 유사한 개념

스팟이라는 것은 대단한 것도 아니고 새로운 것도 아니다. 이미
SPOT 강의는 ICE-BREAK 기법, 액션러닝, 레크리에이션이란 이름으
로 진행되어 왔기 때문이다. 그러나 이 세 가지의 차이는, ICE-BREAK
기법은 주로 강의의 시작 부분에 진행하는 데 비하여 레크리에이션은
놀이적 요소가 강하며, 액션 러닝은 참가자들의 적극적인 참여와 피
드백을 강조한다. 이를 좀 더 자세히 구분해 보면 다음과 같다.

ICE-BREAK 기법

아이스 브레이크(ICE-BREAK)란 얼음과 같이 차가운 강의실의 분
위기를 전향적으로 바꿔버리는 기법이다. 명강사는 이 아이스 브레이
크(ICE-BREAK)에 상당한 시간을 투자하여 강의실의 분위기를 전향
적, 긍정적으로 바꿔놓는다.

수업의 처음에는 대부분의 학습자들이 부정적 또는 불안한 기분을
갖고 있다는 것은 앞에서도 기술하였다. 강의가 시작되면 학습자는 강
사에 대한 궁금증을 갖고 강사는 학습자들이 어떻게 나올지에 대하여
어색한 감정으로 강의실 내는 썰렁하게 굳어 있게 마련이다. 학습자와
강사 양쪽이 굳어 있어서는 좋은 강의를 진행하기가 어렵다. 명강사들
의 특징을 보면 이러한 어색한 분위기를 저마다의 독특한 기법으로 바
꾸어 학습자들이 마음의 문을 열고 강의를 통하여 무엇인가를 배워야
겠다는 동기와 흥미를 유발시켜 원하는 목적을 달성하고야 만다.

그러나 경력이 적은 강사일수록 분위기를 깨기 위해서 억지로 농담

을 하게 되고 잘못하면 오히려 분위기가 더욱 차가워지는 경우가 생긴다. 그래서 분위기를 부드럽게 하여 학습자들이 강의를 꼭 들어야겠다는 분위기로 만드는 많은 기술이 필요하게 되는데 소위 이것을 아이스 브레이크(ICE-BREAK)라고 한다.

레크리에이이션(recreations)

레크리에이션은 일이나 공부 등으로 인하여 생긴 피로를 즐거움이나 기쁨에 의해서 풀어 정신적 육체적으로 새로운 힘을 북돋우는 일을 말한다. 레크리에이션(recreations)은 라틴어의 '레크레아싸오'에서 유래된 것으로 뜻은 '회복하다', '새롭게 한다', '다시 창조한다(recreatey)'로서, 여가에 자발적으로 참여함으로써 만족을 얻어 개인적으로는 욕구충족, 피로회복, 정서함양, 사교 등의 결과를 가져오고, 사회적으로는 일의 능률향상과 명랑한 사회 건설에 이바지할 수 있게 하는 가치 있는 활동을 말한다.

놀이를 교육을 위해 이용하려는 발상은 이미 아리스토텔레스의 《정치학》에서도 보이며, 르네상스에 이르러 놀이와 여가의 효용을 주장하는 기운이 싹트게 되었다. 근대에 와서는 프뢰벨은 놀이야말로 어린이 정신의 최고 상태라며 놀이를 통한 학습법을 만들었으며 유치원 창설을 제창했다. 놀이 속에서 어린이가 건전하게 자란다는 생각에서 19세기 말 미국에서는 놀이운동장이 만들어지고 이것이 그 뒤 레크리에이션 운동의 출발점이 되었다.

일반적으로 말해서 레크리에이션의 영역은 매우 많다. 그러나 활동의 형식만으로 그것이 레크리에이션이라고 단정할 수는 없고, 보는 관점에 따라 여러 가지로 분류할 수 있다. 미국 레크리에이션 워크숍에서는 크게 5가지로 레크리에이션을 분류했다.

레크리에이션의 분류

구분	내용
일반적 분류	공작과 수예, 댄스, 연극, 게임과 스포츠, 취미활동, 음악, 야외활동, 독서, 창작, 회화, 사교, 특별행사 등의 활동
욕구에 의한 분류	경험의 욕구, 창조적 표현의 욕구, 신체적 활동의 욕구, 사교의 욕구, 경기의 즐거움에 대한 욕구
기회의 제공자에 따른 분류	공공적, 반공공적 직장의 레크리에이션, 사적 영리적 레크리에이션
본인의 노력 정도에 따른 분류	스포츠 독서 등의 적극적이고 건설적인 레크리에이션, 상업오락 등의 변동적 레크리에이션
행하는 자의 태도에 따른 분류	자기가 실시하는 레크리에이션, 보는 레크리에이션, 듣는 레크리에이션

레크리에이션은 산업기관마다 직원 연수교육을 할 때 필히 레크리에이션에 포함되는 각 활동(심성수련, 게임, 노래, 춤, 체육 등)을 하고 있으며 유아교육기관, 초・중・고・대학, 지역사회학교, 문화센터, 사회체육센터, 여성단체, 교정기관, 정신병원 등에서도 교과과정(Curriculum) 교과목은 물론 그밖에 캠프, 수련회 등에서 필수적으로 활용되고 있다. 나아가 레크리에이션은 적극적으로 사회교육과 치료의 한 부분을 담당하는 방향으로 나아가고 있다.

액션 러닝(참여식 수업)

액션 러닝은 학습자의 참여나 실천을 통하여 학습하는 것을 의미한다. 다시 말하면, 배운 것을 실천하면서 자기 지식으로 전환되는 것을 의미한다. 액션 러닝의 궁극적인 목적은 실천을 통한 지식의 현장 적용이다. 따라서 액션 러닝은 학습은 곧 변화라는 등식을 의미한다. 따라서 강사는 기존의 지식만을 전달하는 형태에서 벗어나 학습자들의 자발적인 학습활동을 촉진시킬 수 있는 능력을 가진 촉진 자의 역할의 중요성을 강조한다.

액션 러닝은 기존의 주입식 교육에 비하여 실제 문제를 해결하는 과정에서 이루어지며 장기간에 걸쳐 이루어진다. 액션 러닝의 일방적인 강의를 통한 학습이 아니라 주어진 학습 목표를 달성하기 위하여 문제를 제공하고, 이 문제를 해결하기 위한 구성원들의 자발적 참여와 학습을 통하여 해결하는 것을 원리로 삼는다. 또한 일과 학습은 유기적으로 통합되어 있는 하나의 활동이라고 보고, 진정한 의미의 학습은 의도적으로 설정된 일정기간 동안에 발생하기보다는 일상적인 업무활동과 함께 장기간에 걸쳐서 발생한 것으로 본다. 액션 러닝의 이러한 원리는 기존의 학습방식을 과감하게 거부하는 것이다.

액션 러닝의 기존 학습과의 차이를 보면 다음과 같은 차이점이 있다.

액션 러닝의 기존 학습과의 차이

구분	내용	장단점
기존의 학습	이론 및 사례 연구, 역할 연기, 시뮬레이션 등 주로 강의 위주의 간접적 학습방식 -학습의 결과가 실행되기 어려움 - 목표와 관련된 문제점 파악 및 생산과정을 개선	장에서 발생하는 근본적인 문제를 다루지 못함

| 액션 러닝 | 기업이 당면하고 있는 핵심 현안 및 현장 중심의 이슈를 중심으로 문제를 선정하고 이를 해결할 수 있는 구체적인 대안을 실제 행동을 통해 제시
-근본적인 원인 파악은 물론 대응 방안 모색,
-학습의 결과를 실행
-도전적인 과제를 수행 | 도전적이고 핵심 기술을 보유한 인재를 육성하는 효과적인 학습 |

PART **03**

SPOT 강의는
무엇이 유익한가?

1. SPOT 강의의 교육적인 효과

동기유발 효과

동기는 사람이 갖고 있는 욕구나 충동을 활성화하여 어떤 행동을 유도하는 심리적 힘을 말한다. 결국 동기는 한 사람이 기울이는 노력의 방향, 정도, 지속성을 결정하는 중요한 요인이 된다.

학습에서의 동기유발은 학습자들의 마음을 움직여 학습 목표를 자신의 목표로 받아들이게 하고 그것을 이루기 위해 열심히 노력하게 만드는 과정이다. 학습자들은 그들이 좋아하는 과목에 대해서는 높은 학업 성취도를 보이며, 싫어하는 과목에 대해서는 낮은 성취도를 보인다. 더욱이 학업의 결과는 다시 동기 수준에 영향을 미치기 때문에 한 번 흥미를 잃어버린 수업은 계속 동기가 저하되는 악순환이 계속된다. 이와 같은 동기와 학업 성취도와의 관련성에 대해서는 누구도 의문을 제기하지 못할 것이다. 따라서 SPOT 강의는 학습자들에게 학습에 흥미를 부여하고 보다 적극적인 동기를 가지게 할 수 있다. 따라서 SPOT 강의는 단순히 학습자에게 흥미만을 제공하기 위한 방법이 아니라 지속적인 학습에 대한 동기를 줄 수 있느냐에 관심을 둘 필요가 있다.

학습에서의 동기유발을 할 수 있느냐 없느냐에 따라서 학습의 성공과 실패를 좌우하는 중요한 요인이 될 수 있다. SPOT 강의는 수업에 대하여 학습자들이 수동적인 마음의 문을 열고 학습에 노력을 기울이게 하기 위해서는 필요하다.

주의집중 효과

학습에 동기를 유발하는 데 중요한 요소 중의 하나가 주의집중이다. 대부분의 학습 이론들이 학습에 있어서 주의의 중요성을 강조하고 있다. 그러나 현장에서는 학습의 시작 부분에서 학습자들이 학습에 대한 준비가 충분히 되어 있는 것으로 알고 있기 때문에 바로 본론으로 들어가는 경우가 있다.

그러나 학습이 일어나기 위해서는 적어도 학습자가 학습을 받아들일 준비나 주의를 기울이고 있어야 한다. 학습이 올바르게 진행되기 위해서는 주어진 학습 자극에 학습자의 주의가 기울어져야 하고, 일단 기울어진 주의는 강의나 수업 내내 유지되어야 한다.

주의는 호기심, 주의 환기, 감각 추구 등의 개념들과 연관되어 있기 때문에 학습자들의 주의를 집중하기 위해서는 SPOT 강의를 수업의 시작에 앞서 활용하여야 한다.

흥미 유지 효과

흥미는 어떤 대상에 대하여 특별히 주의하려고 하는 감정이나 경향 혹은 태도를 말한다. 학습자들이 흥미를 느끼면 주의하려는 생각이 자연적으로 든다는 것을 알 수 있다. 따라서 학습에 대하여 주의를 갖고 계속 참여하게 하려면 학습자들의 흥미 유지가 중요하다.

학습자들의 흥미 유지를 위한 전략은 수업의 요소를 변화시킴으로써 학습자의 흥미를 지속시킬 수 있다. 그러나 일반적인 수업이나 강의는 수업 자체가 가지고 있는 요소의 변화가 어려운 경우가 많다. 그러나 SPOT 강의는 부족한 요소의 다양화를 가져오게 하여 다양한 주제나 방법으로 학습자들의 흥미를 유지하게 할 수 있다.

강의나 수업을 전개할 때 SPOT 강의의 다양한 방법을 사용함으로써 학습자들이 수업이 지루해지는 것을 방지하고 학습자들의 흥미를 유지시킬 수 있다.

그러나 주의할 점은 수업에 사용된 SPOT 강의가 수업내용과 상관없는 독립적인 경우에는 의미가 없으나, SPOT 강의가 교수 목표와 연결되어 수업의 핵심 내용에 주의를 집중시키도록 도와준다면, 이때 SPOT 강의의 차용은 교수와 기능적으로 통합되었다고 말할 수 있다.

친밀감 효과

SPOT 강의는 강사와 학습자들 간에 친밀감을 준다. 인지주의적 관점에서 보면, 사람들은 새로운 학습이 이미 알고 있거나 이미 가지고 있는 지식, 정보, 기술, 가치 및 경험에 바탕을 두고 제시될 때, 기존의 인지구조와 새로운 학습의 관계를 더 잘 이해할 수 있으며, 구체적인 이미지를 구상할 수 있다는 것이다. 예를 들면, 사람들은 그들과 전혀 관계없는 사건에 관하여 듣기보다는 그들이 알고 있는 사람이나 사건에 대한 이야기를 듣기 좋아한다. 따라서 SPOT 강의를 통한 친밀감을 갖기 위한 전략을 구체화시키는 방법으로 다음 세 가지를 들 수 있다.

첫째, 학습자들이 친밀한 사람이나 인물, 사건 등을 주제로 한 SPOT 강의를 사용하여 학습의 친밀도를 높일 수 있다. 나아가 수업에서 학습자의 이름을 불러 주거나, SPOT 강의에 친밀한 사람이 포함되는 내용을 제시하는 방법 등이 도움이 된다.

둘째, 추상적이고 새로운 개념을 가르치기 위하여 구체적인 SPOT 강의를 사용한다. 학습자에게 친숙한 내용을 주제로 한 SPOT 강의를 사용하여 새로운 정보를 구체화시킴으로써 학습 목표의 친밀도를 높일 수 있다.

셋째, 학습자들에게 친밀한 예문이나 배경지식을 바탕으로 SPOT 강의를 사용하는 것이다. 예를 들면, 초등학교 학생들에게 뺄셈의 개념을 가르칠 때 상점에 가서 과자를 사는 상황과 관련된 SPOT 강의를 사용하면 효과적이다.

자신감 부여 효과

SPOT 강의는 학습자들에게 재미를 통한 흥미를 유발할 수 있으며, 자신감을 가질 수 있게 할 수 있다. 예를 들어 SPOT 강의를 통해 쉬운 문제를 내어 쉽게 해결할 수 있도록 하여 학습자들에게 이 정도는 쉽게 해결할 수 있다는 자신감을 부여하는 것은 학습자들이 학습에 흥미를 가지고 적극적으로 참여하는 데 도움이 된다. 물론 항상 100%의 성공이 보장되지는 않더라도 적정 수준의 성취감을 주면서 노력에 따라 성공할 수 있다는 자신감을 심어주는 SPOT 강의가 학습자들에게 유익한 강의라 할 수 있다.

자신감을 심어주는 SPOT 강의가 되기 위해서는 다음과 같은 측면들을 고려해서 해야 효과가 더욱 높다.

―학습자에게 어떤 일을 성공시킬 수 있는 능력이 있다는 것을 느끼게 SPOT 강의를 진행한다.

—자신의 능력을 최대로 발휘했을 때 성공할 수 있도록 SPOT 강의
   가 구성되어야 한다.

—자신이 결정한 선택이나 자신의 노력이 행동의 결과에 직접적으
   로 영향을 미친다고 믿을 수 있도록 SPOT 강의를 진행한다.

—운이나 다른 외부 요인에 의하여 성공했다는 생각이 들지 않도록
   SPOT 강의를 준비한다.

—자구 성취감을 높일 수 있도록 SPOT 강의를 편성하여 성공에의
   확신이 생길 수 있도록 한다.

성공의 기회 제공 효과

SPOT 강의에서 학습자들에게 자신의 능력을 가지고 열심히 노력
하면 성공에 도달하도록 하는 성공의 기회를 제공할 수 있다. 이러한
성공의 기회를 제공하는 것은 학습자에게 적절한 수준의 도전의식을
제공하는 것이라고 할 수 있다.

학습자에게 자신의 능력에 대한 확신을 갖도록 도와주기 위해서 어
떤 학습경험을 제공할 것인가를 고민해야 한다. 이를 위한 구체적인
전략으로는 네 가지가 있다.

첫째, SPOT 강의는 쉬운 내용에서부터 어려운 내용으로 조직하고,
순서대로 강화를 주어야 한다. 특히 SPOT 강의는 첫 단계에서는 성공
의 기회를 최대로 부여하기 위해 쉬운 것부터 시작하여야 한다.

둘째, SPOT 강의는 선수 지식과 선수 기능을 고려하여 너무 지나친
도전과 권태를 방지하도록 한다. 즉, SPOT 강의는 학습자의 수준에

맞는 적절한 정도의 난이도를 유지해야 한다.

셋째, 학습자의 능력에 맞는 SPOT 강의를 하기 위해서는 사전에 학습자들에 대한 요구와 수준을 충분히 인식하여 학습자들의 능력 수준에 맞는 내용을 선택하여 제시한다. 학습자들의 수준과 정서를 무시하는 SPOT 강의는 오히려 분위기를 망치는 결과를 가져온다.

넷째, 초기 SPOT 강의가 어느 정도 학습자들의 교육목표 도달에 도움이 된 것이 확실히 확인하게 되면 이후에 SPOT 강의를 몇 번 더 해도 된다. 그러나 학습자들의 반응이 나쁘면 다음부터는 하지 않아야 한다.

창의성 제공 효과

SPOT 강의는 사람이 이전에 자신이 경험하지 않은 상황에 적절한 반응을 하도록 변화시키거나 친숙한 상황에서 새로운 반응을 할 수 있는 능력을 촉진하도록 하는 에너지와 같다.

SPOT 강의는 이제까지 해왔던 형식적인 수업을 뛰어넘어 새로운 강의 방식으로 인하여 행위화 과정을 통해 고정관념과 고정적 행위를 허무는 역할을 한다. 이러한 과정은 새로운 상황에 적절한 반응을 하도록 창의성을 지니게 한다.

창의적인 생각을 만들어 주는 것이 자발적인 참여를 바탕으로 하기 때문에 상황에 대한 반응의 적절성 정도에 의해 창의성이 일어나고 촉진되며 상황에 적응한 정도에 따라 창의성은 높아진다.

2. 성공적인 SPOT 강의의 전략

학습 목표와 관련성

일단 학습에 대하여 동기나 주의, 흥미가 기울여지고 나면 학습자들은 왜 이 과제를 공부해야 하는가에 관심을 갖게 되고, 학습에 대한 개인적인 필요를 지각하려고 한다. 관련성이란 지금 강사가 하고 있는 SPOT 강의가 나의 개인적 흥미나 목적과 어떻게 관련되는가에 대한 긍정적인 해답을 찾아보고자 하는 노력을 한다. 따라서 SPOT 강의는 본 수업내용과 관련이 있는 것이 좋다는 것이다. 수업내용과 관련성이 적으면 학습자들은 흥미나 주의를 가질 수 있지만 지속적으로 흥미를 유발하거나 학습 목표에 도달하는 데 효과적이지 못하다.

강의를 잘하는 강사일수록 학습 목표와 관련성 있는 SPOT 강의를 진행하여 원하는 학습 목표의 달성과 함께 학습의 효과를 가져오지만 강의를 잘 못 하는 강사일수록 학습 목표와 관련이 없는 SPOT 강의를 하여 학습자들의 흥미만 불러일으키고 지속하는 데는 실패를 하거나 수업이 흥미 위주로만 진행되어 교육 효과와는 전혀 상관없는 수업이 되기 쉽다. 따라서 학습 목표와의 관련성은 성공적인 수업에 매우 중요한 요인이 된다는 것을 알 수 있다.

SPOT 강의와 학습 목표와의 관련성은 강사의 SPOT 강의가 학습자의 성취 욕구를 충족시켜 주는 것이다. 성취 욕구란 학습자가 주어진 과제를 빨리, 잘하고자 하는 욕구와 또한 과제 성취를 방해하는 요인을 극복하고자 하면서 보다 어려운 과제를 잘 해결하려고 하는 욕구를 말한다. 결국 SPOT 강의가 성취 욕구를 충족시켜 준다면 학습자들은 추후에 진행될 학습 과정에 대해 강한 동기를 느낄 것이다.

학습자의 만족감

학습에서 만족감이 강조되는 이유는 학습자의 노력 결과가 그의 기대와 일치하고 학습자가 그 결과에 대하여 만족하면 적극적으로 수업에 동참하기 때문이다. 만족감이 많아야 학습 동기는 계속 유지될 것이며, 학습자의 학업 수행에도 영향을 미치게 된다.

만족감은 학습의 초기에 학습자의 동기를 유발시키는 요소라기보다는 일단 유발된 동기를 계속 유지시키는 역할을 한다.

만족감을 높이기 위한 방법에는 여러 가지가 있지만 SPOT 강의를 통하여 학습자들이 원하는 문제나 목표를 달성하게 해 주면 만족감이 높아져 학습 동기를 유지시키는 것은 물론 수업에 적극적으로 참여하도록 도와준다.

적절한 보상

SPOT 강의에서는 게임이나 질문을 통해 학습자들에게 적절한 보상을 줄 수 있다. 학습자에게 주어지는 보상은 학습 동기의 유지에 도움을 준다. 그러나 보상이 자연스러운 결과가 아니고 누군가에 의해 조절되고 있다는 것을 학습자가 인식하게 되면, 보상은 오히려 참여 동기를 저하시킬 수 있다. 학습자에 따라서는 SPOT 강의 목표 자체에서 흥미를 찾고 외적 보상에는 관심이 없을 수 있다. 따라서 외적 보상은 학습자의 특성과 감정, 환경 요인을 고려하여 신중하게 사용하여야 한다.

학습자들의 거부반응을 갖지 않는 보상 방법에는 다음과 같은 방법이 있다.

첫째, 새로운 지식이나 기능을 배우는 단계에서 학습자의 반응 뒤에는 매번 긍정적인 피드백이나 보상을 해 주고, 학습자가 배운 지식이나 기능을 적용해 보는 연습 단계에서는 간헐적인 강화를 사용한다.

둘째, 학습자의 수준에 알맞고 의미 있는 강화를 주는 것으로, 너무 쉬운 문제나 과제에 대하여 긍정적 보상을 자주 하는 것은 피드백의 긍정적 동기효과를 저하시킬 우려가 있다.

셋째, 옳은 반응에만 긍정적인 외적 보상을 하고, 틀린 반응에는 어떤 보상도 주지 않아야 한다. 외적 보상에는 스티커, 재미있는 그림, 게임 등이 포함될 수 있다.

넷째, 외적 보상이 실제 수업 상황보다 더 흥미를 끄는 것이어서는 안된다. 특히, 어려운 과제를 공부하는 도중에 주어지는 외적 보상은 학습자의 관심을 보상에만 쏠리게 하기 쉽기 때문에 외적 보상의 사용은 조심스럽게 해야 한다.

다섯째, 학습자에게 보상의 종류를 선택하게 한다. 이는 학습자에 따라 잦은 외적 보상이 주어지는 경우, 강사에 의해 조절당하고 있다고 느끼거나 학습자가 지닌 내적 동기가 저하되는 부정적인 영향을 줄이는 방법이 될 수 있다.

공정한 운영

SPOT 강의를 실시할 때는 결과에 대하여 일정한 기준을 만들고 그에 따라 일관성 있게 유지해야 한다. SPOT 강의를 공정하게 운영하려면 학습자의 참여 결과에 대한 판단을 공정하게 함과 동시에 성공에 대한 보상이나 기타의 강화가 기대한 대로 주어져야 함을 암시한다. 학습자는 자신이 SPOT 강의에 참여한 결과를 자신이 설정한 기대 수준이나 강사가 제시한 약속된 기준, 또는 다른 사람이 어떤 결과에 대하여 받은 평가 수준에 비추어 판단한다. 이런 과정에서 학습자가 공정성이 없다고 지각한다면, 그의 SPOT 강의에 대한 만족도는 떨어질 것이며 참여도도 크게 떨어진다.

참가에는 자유

때로는 SPOT 강의가 율동이나 움직임이 많은 경우가 있다. 강사는 모든 학습자들이 참여하도록 강요하는 경우가 많다. 그러나 학습자들에게 SPOT 강의에 대한 참여에 어느 정도의 자유를 갖도록 해야 한다.

학습자에게 강제로 SPOT 강의에 참여하도록 하는 것은 학습자를 좌절시키면서 학습 동기를 오히려 저하시킬 수 있으므로 적절한 자유를 허락해야 한다. 심한 경우 강사의 지나친 강제를 남용하게 되면 짜증을 내거나 강사에게 공격하는 경우가 있으므로 주의해야 한다.

치열한 경쟁심의 지양

학습자들은 치열한 경쟁심을 유발하는 SPOT 강의에 대하여 부담을 느끼는 경우가 많다. 학습자들은 목표를 성취할 때보다 위험부담이 적고 치열한 경쟁도 없는 SPOT 강의를 선택하고자 한다. 물론 학습자에 따라서는 SPOT 강의 수준을 도전감 있는 것으로 정하되 경쟁적

SPOT 강의는 피하고 싶을 때도 있다. 이러한 학습자는 높은 소속감의 욕구를 갖고 비경쟁적, 협력적 관계 속에서 SPOT 강의에 참여하기를 좋아한다.

이처럼 지나친 경쟁심을 유발하는 SPOT 강의는 부담스러워하며 오히려 참여 욕구를 저하시키는 요인이 되기도 한다. 따라서 학습자들이 지나친 경쟁적 환경을 만들지 않도록 SPOT 강의를 설계하면 특정 학습자의 필요나 동기에 부합될 수 있으므로 참여도를 높일 수 있다.

학습자들을 위하여 SPOT 강의가 비경쟁적 상황을 선택하게 하거나 또는 팀이나 조의 협동을 증가시키는 데 도움이 되도록 한다면 학습자들은 전혀 위험이 없다고 믿고 SPOT 강의에 몰두하게 된다. 나아가 SPOT 강의를 통해 협동적 상호학습상황을 제시한다면 소속감의 욕구가 충족될 수 있을 것이다.

강의의 절도

아무리 건설적이고 좋은 SPOT 강의라도 정도가 지나치면 역효과를 낳는다. 얼어붙은 학습자들의 마음을 열고 흥미를 높이기 위해서 하는 SPOT 강의인데도 불구하고 정작 전달해야 할 지식보다 더 많은 시간을 들여 SPOT 강의를 진행하게 되면 학습자들은 지식은 기억에 남지 않고 SPOT 강의만 기억에 남게 된다.

예전에 1시간짜리 강의가 진행되는데 건강 박수로 SPOT 강의를 하는 것을 본 적이 있다. 강사는 1분 동안 가장 많이 박수를 치는 학습자에게 조그만 상품을 준비하여 시상하겠다고 하였다. 처음에는 냉랭한 분위기라 제대로 따라 하지 않자 "지금 치신 박수의 수가 IQ의 수와 같다." 또는 "가장 많이 박수를 친 학습자에게 상품을 준다."고 함에 따라 학습자들은 땀을 흘릴 정도로 열심히 박수를 쳤다. 그렇게 10분을 보내고 강의를 진행하려고 하니까 학습자들은 쉽게 학습 받을 수 있는 마음의 상태로 전환하는데 상당한 시간이 걸려 결국 20~30분 정도의 강의가 진행되고 말았다. 강의가 끝나고 학습자들은 "이번 시간에는 박수친 것 외에는 무엇을 배웠는지 잘 모르겠다."는 말을 하는 것을 들은 적이 있다.

이처럼 무엇이든 적당한 것이 좋듯이 SPOT 강의도 강의시간에 적당하게 진행하여야 하며 SPOT 강의의 끝도 절도 있게 끝나서 학습에 정진할 수 있도록 해야 하며, 다음 진행하는 교수 행위에 지장을 초래하지 않는 범위 안에서 SPOT 강의가 진행되어야 한다.

다 같이 즐기는 강의

SPOT 강의는 사회성을 가지고 있어야 하고, 학습에 도움을 주어야 한다. SPOT 강의가 사회성이 있어야 한다는 것은 SPOT 강의에 참여하는 학습자들이 즐거운 것은 물론 집단적으로 많은 사람이 즐길 수 있어야 이상적이라는 것이다. 가끔 강사들은 자신의 입장에서는 매우 유익하고 즐거운 SPOT 강의라고 생각하여 많은 준비를 하여 강의를 하지만 오히려 참여하는 학습자들이 불쾌해하거나, 참여하고 싶지 않아 하는 경우가 의외로 많이 있다. 이처럼 학습자들에게 심리적인 부담감을 갖게 하고 참여에 부정적인 요인을 제공하는 것이라면 실패한 SPOT 강의라고 할 수 있다. 따라서 SPOT 강의는 수업에 참여하는 당사자나 구경하는 사람이 모두 즐길 수 있어야 한다.

간편한 강의

아무리 효과가 높은 SPOT 강의라고 해도 준비하는데 시간이 많이 걸리거나 실행하는데 시간이 많이 걸리면 실제적으로 적용하기 어렵다.

또한 SPOT 강의를 위하여 많은 준비물을 준비하여야 하며 그것을 관리하거나 이동 및 분배하는데 여러 사람들의 힘이 필요한 것도 문제가 된다. 따라서 SPOT 강의는 특별한 준비물이 없이 짧은 시간에 언제든지 적용할 수 있는 것이어야 좋다. 아무리 효과가 좋은 SPOT 강의라도 실행하기 어려운 것이라면 그림의 떡과 같다. 그러나 실행하기 어려운 강의라도 자신의 강의 환경에 맞게끔 간편하게 만들어 적용하는 것은 강사의 능력이라 할 수 있다.

PART **04**

SPOT 강의의
명강사는?

1. SPOT 강사란?

SPOT 강의는 학습자의 참여를 바탕으로 체험과 학습을 통해서 배우고 익혀야 하기 때문에 이를 지도할 강사는 전문성이 필요하다. 따라서 SPOT 강사는 누구에게나 평등하게 기회를 제공하고 정신적인 긴장을 해소하고 학습에 대한 흥미를 유발하고, 학습자 모두가 만족할 수 있도록 도와주는 사람을 말한다.

2. SPOT 강사의 자질

SPOT 강의를 성공적으로 수행하려면 강사는 강의 전체를 이해하고 상황에 맞는 강의를 통하여 학습자들의 주의집중은 물론 흥미를 유발하여야 한다. 또한 강사는 SPOT 강의가 본론으로 들어가는 데 있어서 중요한 안내자 역할을 수행할 수 있어야 한다. SPOT 강의의 진행, 관리 등을 성공적으로 수행하느냐 못하느냐의 여부는 오직 강사의 역량에 달려있다. 따라서 SPOT 강의를 잘하기 위해서는 다음의 능력을 갖춰야 한다.

인간 개인의 가치와 존엄성을 인정하려는 의식

사람은 누구나 존중받기를 원한다. 특히 학습자가 되면 강의를 하는 중에도 존중받기를 원한다. 따라서 SPOT 강의가 시작되기 전에 공손한 태도로 학습자들을 안내하여야 하며 강의는 바로 학습자들을 위해서 있다는 생각이 들도록 해야 한다. 더불어 강의 내내 학습자가 SPOT 강의의 주인공이라는 인상을 심어주는 것도 간과해서는 안 된다. 품위있는 언어와 신중한 태도를 가지고 참가자 개개인의 인격을 존중하면서 진행해야 한다.

사람들의 흥미나 요구에 대한 이해

아무리 좋은 SPOT 강의도 학습자들의 흥미와 요구에 맞지 않으면 안 된다. 강의를 진행하기 전에 학습자들의 요구가 무엇인지 정확히 알지 못하면 성공적인 SPOT 강의는 물론이고 학습자들의 마음의 문을 더욱 닫게 하는 역할을 한다.

유머(humor)

유머는 마음을 즐겁게 하거나 웃음을 일으키는 의사소통. 익살·농담·해학이라고도 한다. 본래 고대 그리스 이후 서유럽의 고전 의학용어로서 체액(體液)을 뜻하는 후모르(humor)라는 라틴어에서 유래되었다. 요즘 소위 명강사라고 하는 분들을 보면 전부 나름대로 독특한 캐릭터를 가진 재미있는 분들이 많다는 것을 알 수 있다.

이들은 SPOT 강의 도중 독특한 억양이나 몸짓, 유머를 통해 모두를 웃긴다. 심지어는 발표 내내 생글생글하고 익살이나 개그가 넘쳐 흐른다. 실제로 성인교육에 있어서도 유머가 있는 강사를 원한다. 그렇지만 실제로 유머가 있는 강사는 의외로 드물기 때문에 간혹 농담을 해서 청중의 분위기를 상승시키는 강사는 소위 명강사가 될 수 있다.

유머가 긴장감을 해소시키고 분위기를 집중하는 데 큰 효과를 발휘하기는 하지만 너무 많은 유머를 남발하거나 무조건 웃기려고만 하면 강사의 SPOT 강의에 대한 관심이 떨어질 수 있다.

다른 사람의 의견 및 개성에 대하여 가지는 호의적인 태도

SPOT 강의는 학습이 주가 아니라 학습을 유도하는 하나의 양념과 같은 것이다. 따라서 학습자에 따라서는 SPOT 강의에 대하여 부담스럽게 생각하거나 싫어하는 학습자도 있을 것이다. 이러한 학습자를 만나게 되면 강사는 나름대로 힘이 빠지거나 자신감을 상실하게 되는 경우가 있다. 그러나 SPOT 강의 자체가 학습자 모두를 대상으로 만족시키기에는 한계가 있으므로 학습자들의 의견이나 개성을 존중하여 싫어하는 사람도 있다는 생각에서부터 시작되어야 한다. 학습자들의 다양한 견해에 대하여 충분히 인정한다면 어떤 상황이라도 인내하며 강의를 진행할 수 있을 것이다.

예리한 통찰력

강사는 강의가 있기 전에 학습자들이 좋아하고 수업에 참여를 높이는 SPOT 강의를 준비한다. 그러나 모든 학습자가 강사의 뜻대로 움직이는 데는 한계가 있다. 따라서 강사는 SPOT 강의를 진행하는 중에도 학습자들에 대한 예리한 통찰력을 가져야 한다. 학습자들이 관심이 없거나 부정적인 의식을 가지고 참여하는데도 불구하고 통찰력이 없어서 그대로 진행한다면 부정적인 저항을 받게 된다. 그러나 학습자들의 표정이나 분위기에 대한 통찰력이 있다면 SPOT 강의 중이라도 다른 주제나 다른 SPOT 강의로 전환해야 교육 목적을 달성할 수 있을 것이다.

동료학습자들과의 협조성

SPOT 강의는 가끔 팀 단위 활동을 하기 때문에 동료학습자들과의 협조가 중요하다. 팀 단위의 협조가 제대로 이루어지지 않는 상태에서 강의가 진행되면 긍정적인 반응으로 참여한 학습자가 당황해하는 경우를 볼 수 있다. 따라서 학습자들이 모두 함께 참여함은 물론 팀원 간에 협조가 이루어질 수 있도록 충분히 설명하고 협조가 이루어지도록 당부해야 한다.

유연성

만약 SPOT 강의 여러 개를 연결해서 하려면 순서의 연결에 신경을 써야 한다. 처음에는 쉽고 흥미 있는 것부터 어려운 것에서 더 재미있는 것으로 넘어가야 한다. 강의가 끝나면 바로 본 수업으로 공백이 생기거나 준비시간 없이 바로 들어갈 수 있도록 해야 한다.

정확한 목적의식

강사는 자신이 강의할 SPOT 강의의 목적을 정확히 알고 행해야 한다. 그러나 목적의식이 없으면 강의가 수업과 관련없이 진행될 수 있으며 재미도 없게 된다.

부정적 단어의 사용 금지

SPOT 강의 중에 학습자들의 신체적·정신적 결함에 관한 단어는 사용하지 않는다. '적극적으로 참여하지 않는다든지' 또는 '행동이 굼뜨다든지' 이러한 부정적인 단어를 사용하면 학습자들은 무시당하는 느낌을 받아 오히려 부정적인 생각을 갖고 수업에 참여하게 되어 불편한 진행이 이루어지게 된다.

결단력

SPOT 강의를 잘하는 강사는 강의를 하는 중에 학습자들의 반응에 대하여 빠른 결단력을 내려야 한다. 학습자들의 반응이 좋은가 아니면 나쁜가를 보고 SPOT 강의를 계속 진행해야 하는지 아니면 그만 강의를 끝내든지, 다른 강의를 진행할 것인가를 결정해야 한다. 결단력이 없으면 준비한 SPOT 강의에 미련을 버리지 못하고 지속적으로 하게 되고 이로 인해 학습자들에게 마음의 문을 닫게 하는 역할을 한다.

응용력

SPOT 강의는 학습자들의 관심을 끌기 위해서 강한 흡인 요인이 있어야 한다. 기존의 SPOT 강의만을 매번 사용한다면 학습자들은 금방 식상하여 학습에 대한 효과를 보기 어렵다.

따라서 강사는 강의를 수업의 학습 목표나 분위기에 따라 응용할 수 있는 능력이 있어야 한다. 또한 기존의 SPOT 강의라도 자신이나 학습자에게 맞도록 응용할 수 있는 능력이 있어야 한다. 항상 새롭고 흥미로운 강의를 한다면 학습자들은 '이번에는 또 어떤 강의가 우리를 흥미 있게 할 것인가'하고 기대할 것이다. 이러한 기대감은 자연스럽게 학습에 흥미를 가지게 한다.

인내와 낙관적인 사고

SPOT 강의는 학습자들에게 예고된 것이 아니다. 따라서 학습자들은 주어지는 SPOT 강의에 대하여 낯설어하기도 하고 처음에는 미온적인 반응을 보일 수 있다. 숙달된 강사는 학습자들의 상황을 충분히 인식하여 적당한 인내심을 갖고 SPOT 강의에 몰입하게 하는 능력이 있다.

그러나 처음으로 SPOT 강의를 시작하는 강사는 학습자들의 미온적인 반응을 참지 못하여 난처하다는 생각에 오히려 자신감을 잃을 수도 있다. 따라서 강사는 학습자들의 반응이 바로 나타나지 않는다고 실망하지 않고 인내심을 갖고 낙관적인 생각을 가지고 있어야 한다.

설득력

SPOT 강의에 대하여 학습자들이 흥미를 보이게 하기 위해서는 학습자에게 흥미를 유발하게 하여 참여하게 하는 것이 중요하다. 보지 못했던 새로운 SPOT 강의에 학습자들이 몰입하게 할 수 있는 것은 설득력이다. 설득력이 좋은 강사일수록 강의를 성공적으로 수행할 수 있으며, 설득력이 나쁠수록 학습자들은 SPOT 강의를 왜 하는지 이해를 못 하며 결국 참여도도 떨어진다.

바른 자세와 청결성

강사는 지식만을 전달하는 것이 모든 역할이라고 생각하기 쉽다. 그러나 지식 이외에도 강사가 자기고 있는 잠재적 교육과정 즉 인품이나 사람 됨됨이도 중요하다. 따라서 강사는 신체적으로 자세가 바르고 청결한 외모를 갖기 위해서 노력해야 한다. 외모적으로도 학습자들의 귀감이 되어야 학습자들은 강사에게 존경심을 갖고 SPOT 강의에 참여한다.

PART **05**

SPOT 강의
대상에 따른
접근방법

1. 연령에 따라 SPOT 강의는 달라야 한다.

청소년

일반적으로 청소년은 청년과 소년을 총칭하는 말로서 이는 아동과 성인에 대한 세대개념이며 남녀의 구별 없이 공용되고 있다. 청소년은 사춘기에서 성인에 이르는 과도기 또는 그 기간에 해당하는 사람을 지칭하며, 다양한 심리특성과 복잡한 사회적 문화적 배경 그리고 매우 광범위하고 이질적인 사고와 형태를 지닌 하나의 사회적 범주이다. 즉, 자연인으로서의 청소년, 한 세대로서의 청소년, 심리적·사회적·문화적 집단으로서의 청소년은 한 인구집단으로서의 다양한 위치를 차지하고 있다.

청소년기는 사춘기를 동반한 많은 행동적 변화들로 인하여 불안정성이 증가한다. 청소년기의 불안정성의 특징은 폭언이 빈번해지며 욕구불만이 증가한다.

청소년기는 외부 자극에 대해 더욱 민감해지며 욕구좌절이 증가됨에 따라 청소년은 더욱 우울해지고 독립성과 그것을 추구하는 행동이 증가한다. 따라서 청소년들은 통제나 딱딱한 전달식 강의를 받기보다는 재미있고 참여하는 강의에 참여하고자 한다.

더구나 오늘날의 청소년은 급속히 변모·발전하는 현대사회의 여러 가지 영향을 받으면서 살아야 하고, 짧은 과거와 불확실한 미래의 사이에 놓여 있기 때문에 불안한 존재 상태를 보이고 있다. 따라서 이러한 위치에 놓여 있는 청소년에 대한 정확한 파악 없이는 그들의 SPOT에 대한 요구를 알 수 없고 강사로서의 역할도 잘 수행하기가 불

가능할 것이다. 따라서 청소년들을 대상으로 하는 SPOT 강의는 다음과 같이 해야 한다.

1. 청소년들의 욕구와 흥미를 잘 파악해서 SPOT 강의를 기획해야한다.
2. SPOT 강의 내용은 되도록 교육적인 내용과 관계지어 진행한다.
3. 성인의 흉내를 내는 SPOT 강의는 자제한다.
4. 분위기를 지나치게 자극하며, 고조시키지 않는다.
5. 청소년의 요구를 반영할 수 있는 SPOT 강의를 실시한다.

성인

성인기는 일반적으로 청년기까지의 생물학적 성숙을 바탕으로 생활의 경험에 의한 인식의 변화에 크게 영향을 받는 시기라고 할 수 있다. 또한 개인의 가정적·사회적 생활의 급격한 변화는 계속적으로 발생하는 문제를 해결해야만 되는 상황으로 몰아넣고 있다고도 할 수 있다.

이러한 상황 속에서 성인은 자신의 태도, 신념, 판단력에 의해 문제를 해결하고 발달해 가는 것이다. 성인들은 자기 주도적이며 많은 경험을 지니고 그 경험에 의거하여 문제를 해결하려는 경향이 있다. 따라서 성인들의 육체적·정신적·감정적 특성들은 학습과 중요한 연관성이 있다.

성인은 대개 일반화되고 추상적인 사고를 추구하며 그들의 욕구를 피력하고 말로 표현함으로써 자신의 학습 과정을 설명하고 스스로 학습 프로그램에 참여하게 된다. 성인은 조직화 되고 지속적인 자아 개념과 자존심을 소유하고 있으며 독립된 인격체로서 학습활동에 참여한다. 성인은 사회 내에서 맡고 있는 지위 때문에 늘 생산적인 사람이 되어야 한다고 생각한다. 따라서 성인들을 대상으로 하는 SPOT 강의는 다음과 같이 해야 한다.

1. 보여주는 SPOT 강의보다는 직접 활동에 참여할 수 있는 SPOT 강의를 한다.
2. 개개인이 SPOT 강의에 자연스럽게 참여하게 해야 한다.
3. 인생의 경험을 통해 체득할 수 있는 SPOT 강의를 실시한다.
4. SPOT 강의 주제는 친교 • 봉사 • 교양에 맞추어 진행한다.

노인

노년기는 체력과 건강이 악화되고 자녀의 출가와 은퇴로 인한 역할 상실과 수입감소 그리고 배우자, 친지 및 친구들의 죽음으로 인한 상실감에 직면한 시기이다. 따라서 이 시기에는 자존감이 약화되고 자신이 쓸모없는 존재라는 무력감과 무가치함 그리고 소외감과 외로움이 찾아올 수가 있다.

노년기는 심리적·생리적 기능이 저하되고 그로 인해 개인에 따라 다르게 지각되기는 하나 일반적으로 적응반응이 심각한 문제로 나타난다. 60세 이후는 시각과 청각 기능이 현저히 쇠퇴하고 기억력과 운동 기능도 큰 변화를 일으킨다. 지능검사 결과에 의하면 회화배열·환치 검사의 경우는 연령이 증가함에 따라서 득점이 현저히 저하된다. 그러나 노년기에 특별히 주목되는 것은 이해·지식·어휘 등 유의미한 언어 검사에 의한 지능 독점은 거의 저하되지 않는다고 알려지고 있다.

이러한 노년의 심리적·신체적 특성에 더해 노년기를 위한 SPOT 강의는 자신감을 가지며 노년기의 여가에 적합한 보람있는 생활을 가꿀 수 있는 내용으로 계획하여야 하며, 저하된 신체기능에 적합한 단계와 속도로 프로그램을 제공할 수 있도록 계획되어야 한다. 따라서 노인들을 대상으로 하는 SPOT 강의는 다음과 같이 해야 한다.

1. 반복의 효과를 기대하면서 SPOT 강의를 해야 한다.
2. SPOT 강의를 쉬운 것부터 단계적으로 실시해야 한다.
3. 개개인의 장점을 표현할 수 있는 SPOT 강의를 실시한다.
4. 용기와 자신감을 줄 수 있는 참여하는 SPOT 강의를 실시한다.
5. SPOT 강의를 실시하는 동안 소외되는 대상이 없도록 각별히 주의한다.

2. 학습자는 다양한 욕구를 가지고 있다.

학습자의 나이

유치원·초·중·고·대학교 등 일정한 기관을 중심으로 이루어지는 기관은 비슷한 연령대로 구성되어 있다. 그러나 사회에서 이루어지는 교육은 학습자들의 나이가 천차만별인 경우가 많다. 특히 초등학생, 청소년, 여성, 노인 등 다양한 대상이 한자리에 모이는 경우에 어느 한쪽을 대상으로만 SPOT 강의의 포인트를 맞추면 다른 쪽에서는 흥미를 잃는 경우가 발생한다. 따라서 이렇게 다양한 계층을 대상으로 SPOT 강의를 할 경우에는 모든 계층에 맞는 일반적인 SPOT 강의를 해야 한다.

학습자의 성별

학습자의 성별은 SPOT 강의 내용을 선정하는 데 참으로 중요하다.

여성은 감성적이거나 경험 위주의 사례를 좋아하는 반면에 남성은 이성적이며 통계적인 것을 좋아하는 습성이 있다.

학습자의 대상이 남자냐 여자냐에 상관없이 강의 경력이 많은 강사들은 자연스럽게 SPOT 강의를 진행해 나가겠지만 여성에게만 강의하던 강사는 갑자기 남성들에게 강의하게 되면 경직되거나 또는 여성에게 관련된 내용만을 얘기하게 되어 남성들에게는 흥미가 없는 SPOT 강의를 하는 경우가 있다.

반대로 남성만을 대상으로 했던 경우도 이와 마찬가지다. 따라서 SPOT 강의 전에 학습자들의 성별 파악을 통하여 그들이 좋아하는 주제나 내용을 선정해야 명강사가 될 수 있다.

학습자의 학력

학습자의 학력은 SPOT 강의 내용의 수준을 결정하는 데 참으로 중요하다. 공교육을 담당하는 초·중·고등학교나 대학교에서는 학습자들이 일정한 학력 수준이기 때문에 SPOT 강의의 수준을 결정하는데 큰 무리가 없이 일반적인 SPOT 강의를 할 수 있다. 그러나 성인들을 대상으로 할 경우에는 그 대상의 학력의 편차가 심한 경우가 많다.

특히 평생교육기관 중에서 성인을 대상으로 하여 문해교육과 같은 기초학습 능력을 제공하는 경우는 초등학교 졸업 이하의 학습자들과 만난다. 이들을 대상으로 하는 SPOT 강의를 할 경우에는 SPOT 강의의 내용 중에 학습자들의 마음을 상하게 하는 내용이 없는지 면밀히 검토하고 되도록 전문적인 용어의 사용을 자제하고 이해하기 쉬운 말로 SPOT 강의를 해야 한다.

경우에 따라 강사 자신의 학력보다 높은 집단을 대상으로 SPOT 강의를 하게 되는 경우도 발생하는데 이때에는 너무 두려워하지 말아야한다. 두려운 마음을 갖게 되면 SPOT 강의 도중에 자신감을 잃게 되어 말을 더듬거나 강한 주장을 할 수가 없다.

이와 같은 자신감이 학습자들로부터 SPOT 강의를 들어야겠다는 동기를 유발시킨다. 실제로 기업교육을 다니는 분들 중에는 초등학교 출신이면서 박사들을 대상으로 강의하여 가끔 화제로 등장하기도 한다는 것을 명심해야 한다.

학습자의 자발적 참여 여부

학습자들의 자발적 참여는 성공적인 SPOT 강의에 지대한 영향을 미친다. 자발적으로 참여한 학습자들은 자신들이 많은 것을 배우고자 참여하였기 때문에 강사가 유도하는 대로 잘 따라주고 반응을 보인다.

그러나 강제적으로 하는 연수나 어쩔 수 없이 참여하는 세미나의 경우는 학습자들이 소극적인 성격을 띠게 된다.

따라서 SPOT 강의의 내용이나 강사의 능력에 상관없이 SPOT 강의에 대한 반응을 전혀 보이지 않거나 심지어는 조는 경우가 많다. 이러한 학습자들을 만나게 되면 명강사들도 매우 곤란해 한다. 이럴 때 경험이 부족한 강사들은 오히려 학습자들에게 부정적인 이야기를 하여 학습자들의 부정적인 사고를 더욱 증가시키기도 하고, 어떤 강사는 학습자들이 자거나 떠들어도 그냥 내버려두는 경우가 발생한다.

만약 이러한 학습자들을 제어하지 못한다면 SPOT 강의가 진행되는 동안 다른 학습자들에게도 전이가 되어 전체가 졸거나 또는 잡담으로 인하여 소란해져 SPOT 강의가 제대로 진행되지 못하는 경우가 발생한다. 따라서 이렇게 자발적으로 참여하지 않는 학습자들을 위하여 흥미를 갖게 하여 SPOT 강의를 듣게 하는 것은 강사의 능력이고 이러한 난관을 노련하게 극복하는 것이 명강사라 할 수 있다.

강사는 학습자들이 강사의 말에 관심을 보이지 않기 시작하는 시점부터 좀 더 자극적이고 흥미 있고 재미있어하고, 그들이 하고자 하는 내용으로 SPOT 강의를 전환하여 분위기를 쇄신하여야만 한다.

학습자의 감정

SPOT 강의를 받는 학습자의 감정은 매우 다양하다. 강의나 세미나 자체에 대하여 부정적인 생각을 갖고 어쩔 수 없이 참여한 경우, 가정이나 직장에서 남과 다투거나 불편한 마음을 가지고 참석하게 되는 경우가 있다. 이러한 경우 강사는 학습자들의 감정을 SPOT 강의에 반영해야 한다.

강사는 SPOT 강의가 시작됨과 동시에 학습자들을 둘러보아 학습자들이 가지고 있는 감정을 빠르게 파악하여, 어두운 분위기는 밝게,

들뜬 분위기는 가라앉게 하는 SPOT 강의를 해야 한다. 또한 학습자들이 강사에 대하여 가지는 호의적인 반응을 보이는지 시큰둥한 반응을 보이는지를 빨리 간파하여 학습자들이 즐거워할 수 있는 내용으로 SPOT 강의를 해야 한다.

학습자의 직업과 직급

학습자들의 직업에 따라 SPOT 강의 내용을 어렵게 할지 쉽게 할지를 결정해야 한다. 학습자들의 직업이 전문직인 경우에는 그들의 수준에 맞는 SPOT 강의를 해야 한다. 그러나 노동자 계층인 경우 딱딱하고 재미없는 이론적인 SPOT 강의보다는 밝고 즐거운 SPOT 강의가 좋다.

직급이 높은 학습자를 만난 경우에는 그들에 대한 예우를 깍듯이 해주어 불쾌한 감정이 생기는 일이 없도록 해야 한다. 물론 직급이 낮은 학습자를 만나도 존경받고 있다는 의식을 느낄 수 있도록 SPOT 강의를 실시하여 참여를 유도해야 한다.

강의 환경의 이해

학습자는 피교육생으로 춥고 배고프고 졸린 상태다. 아무리 훌륭한 명강사의 SPOT 강의일지라도 강의 환경이 쾌적하지 못하면 목적을 달성하기 어렵다. SPOT 강의 시 학습자의 심리적인 면 못지않게 외적인 환경도 중요하다. 효과적인 강의 환경이 중요한 이유는 학습의 최대 성과가 보장되기 때문이다. 따라서 강의 환경은 강사와 학습자들이 편안함을 느끼도록 계획되어야 한다.

3. 학습자는 자신을 알아주기를 바란다.

SPOT 강의는 특히 학습자와 강사 간의 상호작용이기 때문에 강사의 일방적인 SPOT 강의 진행으로는 성공적으로 이루어질 수 없다. 좋은 SPOT 강의 내용에 훌륭한 강의 기법을 충실히 적용한다 해도 학습자가 동조하지 않는다면 효과 없는 강의가 될 수 있다. 학습자가 참여하든지 말든지 상관없는 SPOT 강의는 진정한 교육이라고 말할 수 없다.

강사가 학습자의 정체를 규명하고, 그들에 대해서 세밀하게 탐구·조사하고, 그들의 복잡한 내면 심리와 성향을 깊이 이해하지 않고서는 명강사로서 성공할 수 없다. 따라서 SPOT 강의가 이루어지기 전에 내가 만나야 할 학습자들에 대하여 다음과 같은 내용들을 점검하고 강의내용과 강의방법을 선정하여 사전에 준비를 충분히 해야만 학습자들의 요구에 맞는 SPOT 강의가 이루어질 수 있다.

시작 부분에서의 학습자의 관점
학습자는 스스로를 중요한 사람이라고 생각한다.

학습자는 SPOT 강의에 대한 참여를 결정할 수 있는 자리에 있는 사람이라고 생각한다. 따라서 강의 시작 전부터 얼마나 강의를 잘하는지 지켜보겠다는 생각을 갖고 있다. 이러한 학습자를 위해서 강사는 학습자를 배려하는 태도를 가지고 강의를 시작해야 한다. SPOT 강의 내용이 학습자를 위해서 하고 있다는 생각과 학습자들에게 꼭 필요할 뿐만 아니라 도움이 될 것이라는 생각을 갖도록 만들어 주어야 한다.

학습자는 존중받기를 원한다.

사람은 누구나 존중받기를 원한다. 특히 학습자가 되면 강사로부터 존중받기를 원한다. 따라서 SPOT 강의가 시작되기 전에 공손한 태도로 학습자들을 안내하여야 하며, 강의는 바로 학습자들을 위해서 있다는 생각이 들도록 해야 한다. 더불어 강의 내내 학습자가 SPOT 강의의 주인공이라는 인상을 심어주는 것도 간과해서는 안 된다.

학습자는 바쁜 사람이다.

현대인은 누구나 바쁘다. 그러나 학습자는 더욱 바쁘다. 따라서 강사가 중요하다고 생각하고 말하는 모든 것들을 귀담아들으려 하지 않는다. 이러한 학습자의 심리를 충분히 이해한다면 강사는 SPOT 강의 내용을 만든 다음 학습자의 입장에서 짧은 시간에 실시해야 한다. 시간이 많다고 학습자에게 도움이 되는 것이 아니라 짧은 시간이라도 효과적으로 움직이게 만드는 것이 명강사의 역할이라 하겠다.

학습자는 요구(Needs)를 가진 사람이다.

학습자는 강의장에 목적을 가지고 온 사람들이다. 행동의 변화를 기대한다거나 새로운 지식을 얻기 위하여 SPOT 강의를 듣는다. 따라서 강사는 학습자들의 요구를 정확히 파악하여 그들이 필요한 내용을 강의해야 한다.

본론 부분에서의 학습자의 관점

강사의 SPOT 강의가 나에게 도움이 되는가?

학습자는 SPOT 강의 내내 강사의 강의내용이 자기에게 도움이 되는지를 판단한다. 도움이 되는 내용이면 열심히 듣고 참여하지만 도움이 되지 않는다면 지루해한다. 따라서 강의내용을 준비할 때는 학습자에게 도움이 되고 동시에 필요한 내용이 무엇인지 정확히 파악해야 한다. 강의 도중 학습자들이 무관심해 하는 부분은 바로 건너뛰어 다른 주제로 넘어가야 한다.

학습자는 강사의 단점을 찾는다.

한 가지 주제를 가지고 여러 강사가 SPOT 강의를 하는 제안이나 강의를 하게 되면 학습자들은 강사의 장점보다는 단점을 찾으려 한다. 강사가 학습자로 하여금 자신의 SPOT 강의를 선택하게 하려면 강의 능력이나 내용에서 강사 자신에게 마이너스가 될 수 있는 부분을 찾아 수정해 나가야 한다. 그래서 완벽한 SPOT 강의가 된다면 다른 강사와 차별화 전략을 수행할 수 있다.

결론 부분에서의 학습자의 관점

학습자는 SPOT 강의에 대한 안내가 끝나면 '선택해야 할 것인가 말 것인가?' 또는 '행동으로 옮겨야 할 것인가 말 것인가'에 대하여 고민한다. 따라서 강사는 결론 부분에서 참여를 선택해야만 한다는 확실한 신뢰감을 주어야 한다. 확실한 신뢰감을 주는 방법은 강사의 의지, 자신의 SPOT 강의를 선택해야 하는 당위성, 내용의 실현 가능성이 강조되어야 한다. 그리고 마음의 결정을 내렸다면 행동으로 신속하게 옮길 수 있도록 유도해야 한다. 마음의 결정은 하였어도 행동으로 옮기는 시간이 너무 오래 걸려 원래의 목적이 퇴색되는 경우가 많다. 따라서 마음의 결정뿐만 아니라 행동으로 옮기게 하는 전략을 마련해야 성공적인 SPOT 강의라고 할 수 있다.

PART **06**

놀라운 효과의
감성 SPOT

1. 박수 하나로 충분한 SPOT 강의

4박자

고향의 봄, 산토끼, 징글벨,

가. 좌/우 박수

1) 이쪽(왼쪽 보기), 손뼉 1회(이하×1)

2) 저쪽(오른쪽 보기),×1

3) 이쪽, 저쪽,×2

나. 연지곤지 박수

1) 연지(얼굴의 이마와 턱을 찍음),×1

2) 곤지(얼굴의 양 볼을 찍음),×1

3) 연지, 곤지,×2

다. 짱구 박수

1) 울퉁 불퉁(주먹 쥐고 머리 앞뒤로),×2

2) 불퉁 불퉁(주먹 쥐고 머리 좌우로),×2

3) 울퉁,×1

4) 불퉁,×1

5) 울퉁, 불퉁,×2

라. 와시와시 박수

1) 와시 와시(얼굴 세수 동작),×2

2) 문질러 문질러(가슴 문지르기),×2

3) 와시,×1

4) 문질러,×1

5) 와시, 문질러,×2

마. 뻔데기 박수

1) 뻔(자기 손바닥×1), 데기(남의 손바닥×1)

2) 뻔, 데기

3) 뻔, 뻔, 데기, 데기

바. 찌개 박수

1) 지글 지글,×2

2) 보글보글,×2   .

3) 지글,×1

4) 보글,×1

5) 지글, 보글,×2

바. 리듬 손뼉 박수

1) 오른손으로 왼손바닥×1

2) 계속 왼 팔꿈치 안쪽×1

3) 왼손으로 오른 팔꿈치 안쪽×2

4) 반대로

리더는 참가자에게 앞 동작을 가르치고 한 박자에 한 동작씩 따라 하게 한 후, 4/4박자 노래에 맞추어 동작을 따라 하게 한다.

사. 아기 박수

1) 곤지 곤지(오른 검지로 왼손바닥 2회), ×2

2) 잼잼(주먹 쥐고 2회), ×2

3) 도리 도리(머리를 좌우로 2회), ×2

4) 곤지, 잼, 도리, ×1

아. 빨래 박수

1) 무릎 2회, ×2

2) 빨고 빨고(빨래 빠는 동작을 2회), ×2

3) 1)과 동일

4) 짜고 짜고(빨래 짜는 동작을 2회), ×2

5) 1)과 동일

6) 털고 털고(빨래 터는 동작을 2회), ×2

7) 1)과 동일

8) 널고 널고(빨래 너는 동작을 2회), ×2

자. 고고 박수

1) 무릎 2회, ×2

2) 양손 바닥을 펼쳐 좌우로 교차하기 2회씩

3) 손뼉 치고 오른손 밀어내기, 손뼉 치고 왼손 밀어내기

4) 오른쪽 어깨 2회 움직이고, 왼쪽 어깨 2회 움직이기

차.껌 박수

1) 오물오물(입을 향해서 손을 오므렸다 폈다 2회)×2

2) 우물우물(입과 반대 방향을 향해 손을 오므렸다 폈다 2회)×2

3) 오물×1, 우물×1

4) 오물, 우물×1

5) 찍(엄지, 검지로 잡고 껌을 늘이는 동작)×1

6) 변형: 일본(오물이노, 우물이노), 러시아(오물스키, 우물스키), 프랑스(오물송, 우물송), 북한(오므즈비, 우므즈비)로 바꾸어 한다.

차. 춘향이, 이도령 박수

1) 파트너끼리 마주 본다.

2) 춘향아 춘향아(아주 다정하게)×2

3) 왜 그래요, 왜 그래요(아주 애교 있게)×2

4) 춘향아×1, 왜 그래요×1

5) 춘향아, 왜 그래요×2

카. 이수일, 심순애 박수

1) 파트너끼리 마주 본다.

2) 수일 씨, 수일 씨 (아주 애절하게 붙잡으며)×2

3) 놓아라, 놓아라 (거칠게 뿌리치며)×2

4) 수일 씨×1, 놓아라×1

5) 수일 씨, 놓아라×2

타. 간호사 박수

1) 파트너끼리 마주 본다.

2) 때리고, 때리고(오른쪽 엉덩이를 때리며)×2

3) 찌르고, 찌르고(왼쪽 엉덩이를 손가락으로 찌르며)×2

4) 아야, 아야 짝짝(아픈 표정을 지으며)×2

5) 때리고×1, 찌르고×1, 아야×1

6) 때리고, 찌르고, 아야×2

3박자

과수원 길, 오빠 생각, 에델바이스

가. 스테레오 박수

1) 무릎 1회,×2(몸 앞 1회, 머리 위에서 1회)

2)×1(머리 위), 무릎 1회

다양하게 응용 가능 / 진행 시 전원을 두 팀으로 나누어서 1, 2동작을 주고 진행시켜 나가다가 서로 바꾸어가며 진행하되 마주 보면서 하면 동작의 혼란을 일으키게 된다.

나. 리듬 손뼉 박수

1) 자기 손뼉 1회

2) 왼손으로 오른 팔꿈치 안쪽 1회

3) 왼손으로 왼쪽 허리 1회

4) 오른손으로 오른쪽 허리 1회

5) 오른손으로 왼 팔꿈치 1회

6) 자기 손뼉 1회

다양하게 응용 가능 / 리더는 참가자에게 앞 동작을 차례로 가르치고 한 박자에 한 동작씩 따라 하게 한 후 3/4박자나 6/8박자 노래에 맞추어 동작하게 한다.

기타

가. 상하좌우 모션(4박자)

1) 동작을 위로, 아래로, 안으로, 밖으로의 구령에 맞춰 연습시킨다.

2) 동작이 익숙해지면 리더의 동작과 반대의 동작을 취하게 한다.

3) 리더가 양팔을 위로 올리면서 '위로'하면 참가자는 '아래로'라는 구령을 부르며 양팔을 내린다.

4) 리더와의 반대 동작에 맞춰 노래를 부르며 진행하면 효과적이다.

나. 미용체조(4박자)

1) 코와 귀를 잡는다

2) 손 바꿔서 코와 귀를 잡는다.

3) 손 바꿔서 귀와 머리를 잡는다.

4) 손 바꿔서 귀와 머리를 잡는다.

연결 동작을 몇 번 반복시킨 후, 동작이 숙달되면 4/4박자 노래에 맞추어 진행한다.

다. 시계 박수

리더가 말하는 시간에 맞추어 괘종시계의 종소리만큼 손뼉을 친다.

(예)1시, 한 번 /10시, 열 번

30분과 13시는 모두 한 번만 치는 것이므로 리더가 재치를 발휘한다.

2. 사람을 하나로 묶어주는 캠프파이어

캠프파이어란?

불은 우리 인간이 원시시대부터 사용해온 생활필수품인 동시에 하나의 신비로운 존재로서 인간의 감정을 쉽게 움직이게 하는 힘을 갖고 있다.

이러한 불을 중심으로 자연 속에서 순수한 '나'를 발견하고 '우리'로 돌아가 함성과 탄성으로 마음껏 노래하고 춤추며 다짐의 시간을 갖는 프로그램을 '캠프파이어'라고 하며, 우리 말로는 '모닥불 놀이', 혹은 '화롯불'이라고 부른다.

조직과 부서

영화장

1) 캠프의 총책임자 또는 연장자를 영화장으로 정한다.

2) 점화 선언 및 개회와 폐회사

3) 진행책임자와 부책임자를 가까이 두고 전반적인 분위기 조성

4) 초대된 내방객 소개

준비 책임자

캠프파이어가 이루어지도록 일체의 준비를 하는 일.

장소의 선정과 정리, 화목(火木)준비, 방화 용수의 준비, 입장순서와 착석 장소의 마련, 입장자의 안내, 점화시설의 준비

진행 책임자

1) 프로그램 진행 담당
2) 출연 종목의 취합, 프로그램 편성

불 책임자

1) 나무 쌓기, 불 지키기, 나무 보급, 불길 조정
2) 그늘 속의 역할이므로 동작이 눈에 띄지 않게 할 것

정리 책임자

1) 캠프파이어 종료 후 장소를 정리하는 일
2) 소화작업, 모래나 흙으로 덮기
3) 1시간 정도 후 영화장 순찰
4) 익일 아침 다시 그 장소 정리

시설

장소의 선택

1) 캠프 사이드에서 적당히 떨어진 곳
2) 바람이 불어 닥치지 않고 습기가 없는 곳

3) 주위의 수목에 인화될 염려가 없는 곳

4) 자신들만의 장소인 곳이 좋다.

5) 해충, 독충이 없는 곳

6) 연료를 준비하기 쉬운 곳

7) 계곡의 시냇물 소리 등 자연의 반주가 있는 곳

장소의 손질

1) 모두가 앉을 수 있도록 고려

2) 어디서나 무대가 보이고 소리가 들리도록 할 것

3) 고초, 낙엽 등의 제거 및 청소

4) 어두워지기 전에 완료하도록 할 것

무대

1) 무대의 형태는 보통 도넛형임

2) 고리의 크기는 분위기 조성에 영향이 크다.

3) 인원이 많으면 좌석을 2열 3열로 하고 고리는 작게 하는 편이 좋다.

4) 좌석용 통나무, 가마니 등을 준비

불자리

1) 피라미드 불자리 : 나무를 피라미드 형태로 쌓고 기운데 공간에는 불쏘시개를 넣어서 만든 것이다. 손쉽게 만들 수 있으나 오래가지 못하여 2, 3인용으로 적합하다.

2) 반사 불자리 : 화목의 열과 불빛을 360도로 분산시키지 않고 180

도로 집중시키는 것으로서, 바람이 불 때, 추울 때, 소수인원용으로 많이 쓰인다.

3) 우물정 불자리 : 우물 정(#)자형으로 화목을 쌓아 올려 만든 불자리로서 큰 통나무를 밑에서부터 쌓아, 위로 올라갈수록 작은 나무로 쌓아 올려야 하며, 정자 가운데는 작은 화목을 가득 채워야 한다. 점화할 윗부분에는 석유를 적신 삭정이 가지를 놓는다.

4) 테이블 불자리 : 책상과 같이 높은 축대를 쌓고 그 위에 불자를 만든 것을 말한다. 이 불자리는 대규모 인원이 모인 곳에 흔히 사용된다.

5) 인디언 불자리 : 미국 인디언 족들이 많이 이용하는 불자리이다. 굵은 화목과 가는 화목을 교차하여 만든다.

6) 장작 쌓기 : 적당한 밝기, 연기가 적고 지속성이 있는 나무를 선택한다. 참가인 수, 필요 지속성 시간을 고려하여 규모, 나무의 굵기, 길이, 종류를 달리한다.

7) 나무의 종류 : 성장이 빠른 나무(소나무, 낙엽송, 자작나무, 버드나무 등)는 불은 붙기 쉬우나 빨리 타고 숯불은 남지 않는다. 성장이 더딘 단단한 나무(떡갈나무, 밤나무, 상수리나무, 참나무, 단풍나무 등)는 불붙이기는 어려우나 불이 오래가고 뒤에 숯불이 남는다.

점화시설

1) 횃불 점화 : 횃불로 점화를 할 경우 필요한 수의 횃불을 만든다. 횃불은 성화 형과 낚시 형 횃불이 있다.

2) 낙하 점화 : 불이 공중에서 낙하하는 것처럼 점화하는 시설이다. 점화용 솜뭉치를 필요한 수대로 만들어 가까이 있는 나무 등에 철사

를 불자리에 연결하여 낙하시키는 방법이다. 철사의 굵기는 낙하각
도, 거리, 솜뭉치의 무게에 따라 선택해야 한다. 낙하 점화 시, 불자리
의 윗부분에다 점화하느냐 아랫부분에다 점화 하느냐 하는 문제는 윗
부분에 점화하는 것이 바람직하나 잘 마르지 않은 나무일 경우는 아
랫부분에 점화하는 수밖에 없다.

3) 전기 점화 : 전기선을 불자리까지 연결하여 스파이크 현상을 이
용하여 점화하는 시설이다.

4) 마그네슘 점화 : 불자리에 마그네슘을 놓고 전기 혹은 도화선으
로 점화하는 시설이다.

5) 촛불 점화 : 불자리 중앙에 미리 촛불을 켜놓고 불빛이 새어 나
오지 않도록 빈 통으로 막는다. 점화선과 함께 미리 연결해둔 실을 당
기면 촛불이 넘어지면서 점화되도록 하는 방법이다.

6) 성냥점화 : 성냥을 이용하여 직접 불자리에서 점화하는 방법이다.

3. 감성을 자극하는 촛불의식

촛불의식이란?

촛불의식은 캠프파이어와는 달리 느끼고 생각하는 가운데 인간 본
연의 모습을 찾고 마음과 마음이 서로 만나는 프로그램이다. 그러므
로 조용한 노래와 낭독으로 엄숙하게 진행하며 참가들이 진지한 자세
를 갖도록 협조를 요청한다.

준비

촛불 받침은 종이보다 은박지로 하는 것이 바람직하다.

진행

1) 입장 : 전원은 양초에 불을 붙이고 차례로 장내에 입장하거나 미리 빙 둘러선 상태에서 옆으로 불을 붙여나간다.

2) 낭독 : 준비된 내용의 원고를 낭독한다. (짧게)

3) 촛불 춤 : '양손으로 높이 들기', '원 그리기', '무릎 꿇기', '전달하기' 등으로 진행자의 말을 따라 동작한다.

4) 마크하기 : 한 사람씩 중앙에 마련된 마크 보드(못 판)에 초를 꽂는다.

5) 작별인사와 노래 : 전원 악수를 하면서 '안녕 친구여'를 부르며 숙소로 돌아간다. 단, 마크 만들기를 하지 않을 경우에는 촛불 행진을 한다.

PART **07**

SPOT 강의를 위한
스피치

1. 말과 대화의 차이

우리나라에서는 서구의 풍토와 달리 침묵이 강조되는 사회였다. 그래서 옛말에 '침묵은 금이다', '가만히만 있으면 중간은 간다'라는 말을 자주 사용하였다. 그러나 요즘 정보화 사회가 되면서 자신을 잘 표현할수록 대우를 받는 세상이 왔다. 자신이 아무리 가진 것이 많아도 말을 잘하지 못하면 충분한 표현을 못 하므로 결국 자신이 가진 재능을 남들에게 보여줄 수 없는 세상이 왔다.

또한 예전에는 침묵만 지키면 2등은 할 수 있지만 섣불리 잘못 말했다간 망신당한다는 의식이 지배하였기 때문이다. 그러나 이제는 말을 잘하는 사람을 사회에서 원하고 있기 때문에 침묵을 지키는 사람보다는 말을 잘하는 사람이 더욱 각광받는 시대가 왔다.

그렇다면 말이란 과연 무엇인가? 우리가 말이라고 하는 것은 사람의 생각이나 느낌을 입으로 나타내는 소리 또는 그 행위나 내용을 의미한다. 영어로는 스피치(speech)라고 하는데 스피치(speech)의 사전적 의미는 말하기, 말씨, 말투, 발언, 화법' 또는 "말하는 능력"을 통칭하는 말이다. 영미인들이 쓰는 Speech는 좁은 뜻으로는 연설로 사용하지만, 넓은 뜻으로는 연설, 웅변, 토론, 토의, 회의, 좌담, 대화, 화술, 화법, 커뮤니케이션 등에 이르기까지 그 범위가 대단히 넓다.

그러나 일반적으로 스피치는 주어진 시간과 장소에서 다수의 사람을 대상으로 기술적으로 말하는 것을 뜻한다. 따라서 스피치는 인간이 생활하는데 자기표현의 수단이며 경쟁의 시대에 생존할 수 있는 무기이기도 하다.

그렇다면 대화란 무엇일까? 대화(對話)를 국어사전에서 찾아보면 대화는 마주 대하여 이야기를 주고받는 것을 말한다. 영어로는 커뮤니케이션이라고도 한다.

커뮤니케이션은 대화보다 더 넓은 의미로 사용된다. 커뮤니케이션은 사람의 언어나 몸짓이나 화상(畵像) 등의 외형적 기호를 매개수단으로 정신적·심리적인 전달 교류 작용을 말한다. 어원은 라틴어의 '나누다'를 의미하는 'communicare'이며, 본래의 뜻은 신(神)이 자신의 덕(德)을 인간에게 나누어 준다는 데서 시작하였다는 것이다. 그래서 오늘날 커뮤니케이션은 어떤 사실을 타인에게 전하고 알리는 심리적인 전달의 뜻으로 쓰인다.

말과 스피치는 학습자의 반응과는 무관하게 일방적으로 하는 것이라고 한다면, 대화나 커뮤니케이션은 사람이 가진 정보, 지식, 생각, 아이디어, 제안을 학습자에게 언어나 몸짓이나 기호를 통해 전달하는 일련의 과정을 뜻한다.

따라서 말을 잘한다는 것은 남들에게 부러운 항목은 될 수 있지만 학습자에게 좋은 결과를 얻는 다고는 할 수 없다. 그러나 대화를 잘한다는 것은 자신이 가진 정보, 지식, 생각, 아이디어, 제안을 어떻게 하면 잘 전달해서 원하는 결과 즉 수락이나 동의 선택하게 하는 것이라 할 수 있다.

결국 말을 잘한다고 해서 꼭 대화를 잘하는 것이 아니라는 것을 알 수 있다. 이유는 스피치는 학습자의 반응과는 무관하게 학습자가 일방적으로 하는 것이지만 커뮤니케이션은 학습자의 반응을 고려하면서 하는 것이기 때문이다.

2. 전달력을 높이는 발성법

발음이 부정확한 말은 무슨 글자인지 알 수 없게 쓴 글과 같이 답답할 뿐 아니라 말하는 목적을 달성하기 어렵다. 대부분의 사람은 발음은 타고난 것이라고 아예 단념할지 모르나 매일 짧지만 반복적인 훈련으로 90% 이상 교정할 수 있다.

반복된 훈련을 통해 당신은 밝은 표정과 호감 가는 음성으로 좋은 첫인상을 선사할 수 있다. 첫인상이 좋으면 학습자들은 기대감으로 스피치 내내 흥미를 유발할 수 있다. 뿐만 아니라 학습자들에게 감동을 주는 명강의를 하기 위해서는 다음과 같은 발음법을 강의 중에 자유자재로 적절하게 활용할 수 있어야 한다.

발음의 고저

발음의 고저는 음파의 진동수에 달려있으며 고저는 순우리말로는 소리의 높이라고 한다. 즉 "말", "배" 등은 발음의 고저에 따라 의미가 달라지기 때문에 이를 정확히 지켜야 한다. 영어의 고저는 인터네이션이라 부르고 중국어의 고저는 성조라고 부르고 있다.

발음의 장단

장단은 순우리말로 소리의 길이라고 한다. 장단은 무의식적인 길이, 어감의 차이를 나타내는 길이, 뜻을 구별해 주는 길이로 나누어진다. 학습자가 특별한 감정을 표현하기 위해 특정한 소리를 길게 발음하는 경우에 잘 활용하면 좋은 효과를 볼 수 있다. 예를 들면 '많은'을 강조하기 위해 '마아않은'으로 발음하는 경우에 강조의 효과가 있다.

발음의 강약

발음의 강약은 음파의 진폭을 의미하며 순우리말로는 소리의 세기라고 한다. 강약의 변화에 따라 그 말에 따르는 어감도 실로 무수히 다를 수 있다. 그리하여 그 발음을 조절함으로써 그 말의 표현 효과를 크게도 할 수 있고 작게도 할 수 있다.

발음의 속도

스피치의 속도는 그 글의 의미, 내용 등에 의해 결정된다. 중요한 단어 자체가 부각돼야 할 필요가 있는 데서는 속도를 느리게 하는 것이 좋고, 중요하지 않은 단어는 빠르게 한다. 또한 단어의 어미 같은 것이 빨라지는 것은 당연하지만, 전체의 의미 파악이 어려울 때는 차분하게 말하고, 의미 파악이 쉬운 말은 빠르게 하는 것이 좋다.

발음의 어조

어구의 고저가 어조이다. 이는 음의 높고 낮은 흐름이기 때문에 음악에서 말하는 멜로디와 같다. 즉 크게 나누어 평조, 상조, 하조의 세 가지가 있는데, 상조와 하조는 어구의 뒤를 이끌 때 나타난다. 이 어조는 글의 어미의 표정을 나타낼 때 없어서는 안 된다.

발음의 명암(明暗)

스피치는 말로 표현된다. 따라서 강사가 표현한 말이 학습자에게는 꼭 같은 뜻으로 전달되지 않을 수 있다. 이것은 바로 음성의 명암 즉 음성의 밝고 어두움에 따라 말의 의미가 다르게 나타내기 때문이다. 무겁고 의미가 있는 말은 어둡게 하고, 희망이나 비전을 주는 말은 밝게 말하는 것이 좋다.

3. 힘 있는 강의를 위한 발성 연습

발성은 표준어 사용만큼 중요하며 발성과 호흡이 익숙하게 숙련이 되어야만 표준어를 사용할 수 있다. 발성은 건강하고 아름다운 목소리를 위한 것이기 때문에 스피치에는 필수항목으로 꼽는다. 특히 발성은 선천적으로 가지고 태어나는 것이 아니라 피나는 훈련에 의해서 얻어지기 때문에 이론 교육과 실제적인 발성 훈련을 게을리해서는 안 되겠다.

인간에게는 음의 근원이 되는 성대가 있는데 성대를 진동시키는 것이 폐에서 나오는 공기이다. 이렇게 생성된 음은 극히 미약한 것으로 공명의 도움을 받아야만 비로소 힘 있는 소리가 된다. 힘 있는 강의를 위해서는 자연스럽고 더욱 힘 있는 소리를 내야 하는데 이러한 훈련이 바로 발성훈련인 것이다. 발성법을 통해서 체계적으로 꾸준히 연습하면 기존의 자신의 목소리보다 맑고 투명한 소리로 바뀔 수 있다는 사실을 명심하고 꾸준히 연습해야 하겠다. 발성훈련에는 크게 고음, 중음, 저음이 있으며 중음을 중심으로 음의 고르기, 음폭, 음의 굵기, 음의 힘 등을 조절하는 발성연습을 한다.

발성연습

　발성은 강의를 함에 있어 무척 중요한 요소임에는 틀림없지만 그렇다고 너무 큰 부담을 가질 필요는 없다. 발성은 어떤 특별한 것이 아니다. 우리가 웃을 때 그리고 소리 지를 때 등, 스스로가 터득한 발성법으로 소리를 내게 되는 것이다. 그러나 문제는 이 소리들을 어떻게 깎고 다듬느냐가 문제이다.

— 발성연습은 정확한 발음을 내는 데 도움이 된다.
— 가슴을 펴고 입을 크게 움직여 뱃속으로부터 나오는 목소리를 낸다.
— 아래턱 위턱을 잘 움직인다(풍부한 표정 연출에도 도움이 된다).
— 또박또박 말하는 연습을 한다.
— 도-레-미-파-솔-라-시-도 음정을 높여가며 소리를 내는 연습을 한다. 반대로 음정을 낮추어 가며 소리를 내는 연습을 한다.
— 아-이-우-에-오 를 입 모양을 최대한 벌려서 연습을 한다.

어려운 말 연습

— 간장공장 공장장은 강 공장장이고, 된장공장 공장장은 공 공장장이다.
— 저기 있는 저 분이 박 법학박사 이시고, 여기있는 이 분이 백 법학박사이시다.
— 저기 가는 저 상 장사가 새 상 장사냐, 헌 상 장사냐.
— 중앙청 창살은 쌍창살이고, 시청 창살은 외창살이다.

— 사람이 사람 이라고 다 사람인 줄 아는가, 사람이 사람 구실을 해
  야 사람이지.
— 한양 양장점 옆 한영 양장점, 한영 양장점 옆 한양 양장점.
— 저기있는 말뚝이 말 맬 말뚝이냐, 말 못 맬 말뚝이냐.
— 옆집 팥죽은 붉은 팥 팥죽이고, 뒷집 콩죽은 검은 콩 콩죽이다.
— 멍멍이네 꿀꿀이는 멍멍 해도 꿀꿀 하고, 꿀꿀이네 멍멍이는 꿀
  꿀 해도 멍멍하네.
— 들의 콩깍지는 깐 콩깍지인가 안 깐 콩깍지인가
  깐 콩깍지면 어떻고 안 깐 콩깍지면 어떠냐
  깐 콩깍지나 안 깐 콩깍지나 콩깍지인데...

감정을 담은 화법 실습
— 겨울이 지나고 봄이 되었습니다. 봄은 개나리꽃의 계절입니다.
  개나리꽃이 피어남과 동시에 모든 것이 새로워진 느낌이 듭니다.
— 봄이 지나고 여름이 되었습니다. 여름은 바다의 계절입니다.
  휴일에는 많은 사람으로 해변이 붐빕니다.
— 여름이 지나 가을이 되었습니다. 가을은 들과 산의 계절입니다.
  학교에서는 아이들이 소풍을 갑니다.
— 가을이 지나 겨울이 되었습니다. 겨울은 눈과 얼음의 계절입니다.
  휴일에는 많은 사람들이 스키를 타러 갑니다.

4. 감동을 주는 발성법

우리는 살면서 많은 말들을 하고 있다. 우리가 하는 말 중에는 의미 없이 던지는 말도 있지만 어떤 때는 말에 감정을 실어서 해야 하는 경우가 있다. 특히 회사의 중요한 제안이나 연인에게 사랑을 고백할 때는 우리의 감정이 자동적으로 내포되고 있음을 알 수 있다. 그러나 일반적인 말에는 감정이 실리지를 못해서 말의 효과가 높게 나타나지 않은 경우가 있다. 따라서 우리는 강의를 할 때 무미건조하게 교과서를 읽는 것과 같은 말보다는 진지함과 감정이 배어있는 말을 하도록 노력해야 한다. 진지함과 감정이 배어있는 말을 하기 위해서는 말을 할 때 감정을 넣는 다음과 같은 연습이 필요하다.

> **예제) 늘 좋은 생각만 하며**
>
> 삶이 너무나 고달프고 힘들어 모든 것을 포기하려 해도
> 딱 한사람, 나를 의지하고 있는 그 사람의 삶이 무너질 것 같아
> 몸을 추스르고 일어나 내일을 향해 바로 섭니다.
>
> 속은 일이 하도 많아 이제는 모든 것을 의심하면서
> 살아야겠다고 다짐하지만 딱 한 사람, 나를 철석같이 믿어주는
> 그 사람의 얼굴이 떠올라 그동안 쌓인 의심을 걷어 내고
>
> 다시 모두 믿기로 합니다.
> 사람들의 마음이 너무나 강박하여 모든 사람을 미워하려 해도

딱 한사람, 그 사람의 사랑이 밀물처럼 가슴으로 밀려와
그동안 쌓인 미움들 씻어 내고 다시 내 앞의 모든 이를
사랑하려고 합니다.

아프고 슬픈 일이 너무 많아 눈물만 흘리면서 살아갈 것 같지만
딱 한사람, 나를 향해 웃고 있는 그 사람의 해맑은 웃음이 떠올라
흐르는 눈물을 닦고 혼자 조용히 웃어 봅니다.

진실로 한 사람을 사랑하는 것은 온 세상을 사랑하는 것이요,
온 세상의 모든 사랑도 결국은 한 사람을 통해 찾아옵니다.

내가 누군가에게 꼭 필요한 한 사람이 되고 누군가가 나에게
꼭 필요한 사람이 되면 온 세상이 좋은 일로만 가득하겠지요.

—월간 좋은 생각에서

제1단계 : 위의 문장을 찻집에서 만난 친구에게 이야기하듯 아주 자연스러운 회화 조로 소리를 내어 말해 본다.

제2단계 : 손동작이나 감정이 깃든 얼굴 표정 등 제스처를 넣어서 말해 본다.

제3단계 : 기뻐서 참을 수 없는 것 같이 즐겁게 웃으면서 말해 본다.

제4단계 : 분노의 감정을 넣어 화를 내면서 고함을 치는 듯한 느낌으로 말해 본다.

제5단계 : 슬픔을 넣어 울면서 말해 본다.

제6단계 : 몹시 놀란 느낌으로 말해 본다.

이와 같은 연습을 몇 번이고 하여 눈 깜짝할 사이에 감정을 바꿀 수 있을 때까지 해 본다.

5. 좋은 목소리를 만드는 발성법

영국의 국영방송 'BBC'가 최근 5천 명을 대상으로 실시한 이번 조사에서 데이비드 베컴(29, 레알 마드리드)의 가냘프면서도 높은 톤의 목소리가 '불쾌한 악센트로 말하는 영국인' 리스트에 포함됐다. BBC는 "베컴의 목소리는 일반 남자들보다 높은 톤인 데다 '런던 토박이'(노동계급의 영어) 언어를 쓰다 보니 불쾌하게 생각하는 것 같다"고 분석했다. 반면 '가장 기분 좋은 악센트'는 배우 숀 코너리로 조사됐다.

좋은 목소리는 처음부터 가지고 태어날 수도 있지만 후천적으로 노력하여 얻는 경우도 많다. 언청이로 태어나 말을 더듬었던 처칠 영국 수상이 오늘날 명연설가로 다시 거듭난 것은 그분 나름대로의 훈련 프로그램을 만들어서 음의 높낮이를 조절하는 발성 훈련, 어떤 옥타브에서도 정확한 말을 전달하기 위한 조음 훈련, 공명 훈련, 그리고 필을 담아 맛있게 말하기 위한 호흡 훈련을 한 결과라고 할 수 있다. 좋은 목소리를 만들려면 다음을 고려하는 것이 좋다.

학습자는 이런 목소리를 좋아한다.

— 밝고 맑으며 미소와 친절이 배어나는 목소리

— 건강하고 힘이 있어 자신감과 확신을 전할 수 있는 목소리

— 회화적인 음률의 변화와 음의 고저, 강약 등의 표현이 자연스러운 목소리

— 부드러우면서 결단력이 있는 목소리

— 밝고 명쾌한 목소리

학습자는 이런 목소리를 싫어한다.

말이 들리기는 하는데 도대체 무슨 말을 하는가 알기 힘든 경우가 있다. 내용은 좋지만 목소리 때문에 듣기 싫은 스피치도 생긴다. 따라서 이러한 목소리를 피해야 한다. 말의 내용이 확실히 전달되기 바란다면 처음부터 끝까지 단어 하나하나가 정확히 들려야 하며 의미가 있어야 한다.

— 단조롭고 무기력한 목소리

— 퉁명스러운 목소리

— 거칠고 쉰 듯한 목소리

— 어두운 목소리

— 비음(콧소리)

— 사투리나 부정확한 발음

— 처음에는 크게 또박또박 말하다가 끝에 가서 흐지부지하는 발음

— 말을 자기에게 하듯이 혼자 중얼, 중얼, 중얼, 중얼, 중얼, 중얼거

리는 경우.

— 느린 말의 사이를 "에", "음" 따위...음.. 불필요한 말로...에...메
  꾸는...음...경우

— 너무 빠른 말투

목소리를 보존하는 방법

강의를 자주하는 사람은 목소리를 생명이다. 목소리를 제대로 관리
하지 못하면 정작 중요한 스피치에서 학습자들이 듣기 좋은 목소리를
내기 어렵다. 따라서 목소리를 좋은 상태로 보존하기 위해서는 다음
과 같은 주의가 필요하다.

— 담배는 성대에 무리를 주므로 금연하는 것이 좋다.

— 술은 호흡이 짧아지므로 과음을 하지 않는다.

— 적당한 휴식과 충분한 수면을 취한다.

— 장과 폐등 호흡기 건강에 신경을 쓴다.

— 매일 아침, 저녁으로 소금으로 양치한다.

— 환절기나 건조한 날씨에 조심한다.

— 유자차나 모과차 등을 마신다.

좋은 목소리를 내는 방법

학습자들은 듣기 좋은 소리를 원한다. 물론 아주 유명한 분들이야
크게 음성에 대하여 신경 쓰지 않고 유명하다는 것으로 일부의 단점
을 포장을 할 수 있지만 일반적일 경우에는 학습자들은 듣기 좋은 목

소리를 원한다. 좋은 목소리를 갖기를 원한다면 다음과 같이 해보자.

1. 말을 할 때는 항상 등을 곧게 펴고 가슴을 올리고 배에 힘을 주며 집어넣는 자세를 취하는 것이 좋다.
2. 톡톡 튀는 밝은 목소리로 생동감 있게 이야기하는 습관을 길러라.
3. 항상 밝고 희망적인 생각을 하며 긍정적인 말하는 습관을 길러라.
4. 내 말을 듣고 있는 상대가 유쾌한 기분이 들도록 환하게 리듬을 타며 말하는 습관을 길러라.
5. 목소리는 낮추되 발음을 정확하게 하면서 말하는 습관을 길러라.
6. 사투리를 교정하고 싶거나 발음을 더욱 분명하게 하고 싶다면 입에 볼펜을 문 채로 소리를 내서 읽는 훈련을 하면 좋다.
7. 비음을 없애기 위해서는 턱과 혀를 느슨하게 하고 목과 입을 열어 소리가 코로 새는 것을 막아야 한다.

6. 목소리를 세지 않게 하는 복식 호흡

강사는 강의를 많이 하기 때문에 목소리를 관리해야 한다. 특히 강의를 많이 하게 되면 목이 금방 세는데 이것은 바로 목으로 소리를 내었기 때문이다. 오랫동안 강의를 해도 목소리가 세지 않게 하는 것은 바로 복식호흡을 하면서 배로 말하는 것을 연습하면 된다.

복식호흡이 중요한 이유는 목소리를 좋게 하기 위해선 후두를 진동시키는 에너지원인 산소의 공급이 충분해야 하는데 복식호흡이 충분한 산소를 공급하는 데 도움이 되기 때문이다. 숨을 깊이 들이마시는 복식 호흡은 흉식 호흡보다 30% 정도 많은 폐활량을 확보할 수 있다. 폐활량이 많으면 많을수록 폐에서 성대로 가해지는 공기의 압력이 높아져 성대가 힘들이지 않고 손쉽게 소리를 낼 수 있다. 소리는 들숨보다 날숨에 의해 만들어지므로 복식 호흡 시 가능하면 들숨보다 날숨을 길게 갖는 것이 좋다.

복식호흡은 쉽게 말하면 폐가 아닌 아랫배를 이용해서 배를 부풀렸다, 집어넣었다 하는 방법으로 호흡을 하는 것인데 다음과 같다.

복식호흡방법
— 입을 다물고 아랫배를 쑥 내민다는 기분으로 코로 숨을 들여 마신다.
— 4~5초 정도 잠시 숨을 참는다.
— 불룩해진 뱃속의 공기를 코로 조금씩 천천히 내뱉는다.

무대 공포증을 해결하기 위한 호흡법
— 입을 다물고 아랫배를 쑥 내민다는 기분으로 코로 숨을 들여 마신다.
— 20~30초 정도 잠시 숨을 참는다.
— 불룩해진 뱃속의 공기를 코로 조금씩 천천히 내뱉는다.

단순한 복식호흡보다는 조금 힘이 드나 중요한 스피치를 앞두고 떨리는 마음을 진정시키는 데 도움이 된다. 그리고 하루에 10분 정도 시간을 내어서 해준다면 머리도 맑아지고, 호흡에도 상당한 도움이 된다.

7. 학습을 강화시키는 대화 방법

강사는 강의 도중 내내 학습자들과 대화를 한다. 강의 도중 말만 하는 강사는 학습자들의 외면을 받게 된다. 따라서 명강사가 되기 위해서는 강의 내내 대화를 잘하는 강사가 되어야 한다. 대화를 잘하려는 마음가짐은 학습자의 존중에서 이루어진다. 가끔 강사들은 자신의 유명도 때문에 학습자들을 깔보는 투로 말하는 경향이 있다. 또한 강사들은 강의 도중에는 좋은 말들을 하려고 의식적으로 노력하지만 강의가 끝나 학습자들과 대화를 나누는 동안 자신의 강의에 스스로 도취되어 대화에 신경 쓰지 못하면 학습자들의 강의에서 받은 감동을 반감시키기 쉽다는 것을 알아야 한다.

우리는 말과 대화를 같은 것으로 이해하여 말을 잘하는 사람이 대화를 잘하는 것으로 생각하기 쉽다. 그러나 그것은 엄연한 차이가 있다. 즉 말은 자신의 의사를 전달하는 과정이어서 일방적으로 언어를 통해 표현하는 반면에, 대화는 의사를 교환하는 과정이어서 양방통행적이다. 대화는 학습자와의 상호관계에서 이루어지기 때문에 자기의 생각이나 의견을 학습자에게 효과적으로 전달하고 학습자가 원하는 것을 잘 들어줄 때 효과적인 의사소통이 이루어질 수 있는 것이다.

강사의 강의에 따라 학습자들은 강사의 말을 듣기만 하는 것이 아니라 강의 내용에 따라 학습자들은 눈빛과 몸짓과 태도로서 반응하고 의사를 전달하므로 강사와 학습자 간에는 상호 의사소통이 이루어진다. 따라서 노련한 명강사들은 학습자들의 상태를 충분히 읽으며 강의를 진행하기 때문에 학습자들에 대한 인격을 존중하면서도 자신의 생각이나 의견, 느낌 등을 학습자에게 솔직하게 표현할 수 있는 효과적인 대화 방법과 강의기술을 가지고 있다.

대화의 기본태도

학습자는 학습자와의 만남이 이루어지면 신뢰의 관계를 만들어 나가야 한다. 학습자와 학습자 간에 믿음이 형성되어 있지 않다면 좋은 대화는 시작하기 어렵다. 학습자는 학습자에 대하여 정확히 분석을 해야 하는데 신뢰감이 형성되지 않고는 서로 간에 대화가 제대로 이루어지기 어려운 것이다. 또한 대화 과정 중에서도 신뢰감이 형성되어 있지 못하면, 학습자는 학습자에게 다양한 커뮤니케이션을 해야 하는데 학습자가 마음의 문을 열지 않는다면 학습자의 말에 대하여 불신하거나 받아들이지 않기 때문에 효과가 생기기 어렵다.

신뢰감 형성이란 학습자가 학습자에 대해서 마음의 문을 열고 있는지, 학습자가 내린 판단과 생각에 대하여 동의를 하고 그대로 받아들일 수 있는지, 학습자를 항상 순수하게 대하고 따를 수 있는지, 학습자가 제시한 사안을 실천하여 자기 문제를 해결해 나갈 능력이 있는지 등을 예의 주시해서 보면서 학습자가 학습자에 대하여 긍정적으로 생각하도록 마음의 문을 여는 작업을 말한다.

학습자와 학습자 간의 신뢰감을 형성하기 위해서는 학습자에 대한 존중, 학습자에 대한 이해, 일관적 성실성, 대화에 대한 전문성을 확보하였다는 것을 보여 주는 것이다. 이러한 학습자의 행동 특성이 학습자에게 느껴지고 전달될 때에 학습자에 대하여 충분히 이해하고, 신뢰감이 형성되어, 학습자와 효과적으로 상호작용 및 정신적인 교류를 할 수 있다.

학습자에 대한 존중

일반적인 인간관계에서도 성공적인 인간관계가 되려면 학습자에 대한 존중부터 시작된다. 대화는 상대적으로 학습자가 부족한 것을 채우기 위하여 학습자를 찾았기 때문에 조그만 일에도 마음을 다치기 쉽다. 따라서 학습자는 학습자와의 첫 만남에서 부터 학습자에 대한 존중하는 마음과 모습을 보이면 학습자는 마음의 문을 가장 빨리 열게 하는 데 도움이 된다.

학습자는 상대의 독특한 개성과 자질을 이해함에 따라 그를 존중하는 마음이 생기게 되며, 상대에게 효과적으로 관심을 기울이는 행동과 상대의 능력에 대한 믿음 등을 통하여, 상대에 대한 존중을 나타낼 수 있다. 그리고 학습자를 무조건 이끌기보다는 지원해 주기보다는 오히려, 학습자의 시도에 대한 노력을 격려해 줌으로써 상대에 대한 존중을 보여줄 수 있게 된다.

그러나 학습자와의 의견 차이가 생길 경우, 거부나 이의가 학습자에 존중이 아니라는 생각에 무조건 받아들이는 것은 좋지 않다.

때로는 반대 의견의 표현과 상대에 대한 인격적 거부가 서로 다르다는 점을 상대에게 깨닫게 하는 것도 학습자에 대한 존중을 촉진하는 계기가 된다. 반대 의견을 표현할 때는 미소를 띠고 침착하면서도 부드러운 목소리 등의 비언어적 수단을 통해 온정이나 배려가 전달된 다는 느낌을 주어야 한다. 대화에서 신뢰감을 형성하는 데는 무엇보 다도 학습자를 한 인격체로 대한다는 기본자세가 중요하다.

학습자에 대한 이해

이해란 자신이 직접 경험하지 않고도 다른 사람의 감정과 상황을 거의 같은 내용과 수준으로 이해하는 것을 말한다. 대화에 있어서 학 습자에 대한 이해가 바탕이 되지 못한다면 학습자는 코디의 상황이나 감정을 이해하지 못하기 때문에 효율적인 대화가 이루어지기 어렵다. 학습자에 대한 이해라는 것은 학습자가 말하는 내용에서 관찰될 수 있는 것으로부터 대화 과정 내내 학습자의 감정, 태도 및 신념처럼 쉽 게 나타나지 않는 것까지도 정확하게 분석하여 이해하도록 노력해야 한다.

학습자는 학습자가 자신에 대하여 충분히 이해하고 있음이 전달되 면 학습자를 보다 신뢰하게 되어 학습자가 마음의 문을 여는 데 도움 이 된다. 이를 위해서는 내용을 잘 듣고 있을 뿐 아니라 심층적 느낌까 지도 이해하려고 노력한다는 사실을 학습자에게 보여주려고 노력해 야 한다.

일관적 성실성

성실성이란 정성스럽고 진실된 품성을 말한다. 학습자는 대화 과정 내내 성실성을 가지고 대화 과정을 수행해야 한다. 이것이 바로 일관적 성실성이다. 학습자는 대화 과정에서 시종일관 학습자에게 진실되고, 개방적이고, 정직하고, 신뢰로운 사람임을 보이려고 노력하는 것이 필요하다. 그렇다고 학습자의 모든 감정을 모두 있는 그대로 표현할 것을 요구하는 것은 아니고 말한 것이 진실되고 일관성이 있어야 한다는 것이다.

우리는 일상생활에서 남을 배려한다는 마음에서, 부정적인 반응을 초래하리라고 예측되는 감정표현을 자제하거나 회피하거나 심지어는 거짓말을 하는 경우가 많다. 그러나 이러한 비솔직성이 오히려 나쁜 부정적 결과를 가져온다는 것은 명심해야 한다. 따라서 대화 과정 중에서 학습자의 변화가 마음에 들지 않거나 태도가 마음에 들지 않는다면 솔직하게 말해서 문제를 해결하게 하는 것도 중요하다.

나-전달법(I-message)

자신의 내면을 표현할 때 주어를 "나"로 하여 그런 느낌을 가지게 된 책임이 학습자에게 있지 않고 강사에게 있음을 알려 주는 진술방식이다. 느낌의 책임을 자신에게 두지 않고 학습자에게 전가하는 진술방식을 너-전달법(You-message)이라고 한다. 나 - 메시지를 통한 자기 노출은 상담상황뿐 아니라, 대인관계에서도 매우 필요한 의사소통방식이다. 불쾌한 감정을 지니거나 갈등상태에 있을 때 보통 사람들이 흔히 하는 표현방식이 너-전달법이다. 그러나 이러한 표현은 문제를 더 크게 하거나, 관계를 해치는 경향이 있다.

나-전달법과 너-전달법의 비교

구분	나 - 전달법	너 - 전달법
표현	어제 안 와서 나는 매우 걱정이 되었다.	넌 왜 그 모양이니?
보기	상황 – 결과 – 느	비꼬기, 지시, 교화, 비판, 평가, 경고
나의 내면	걱정, 섭섭함	걱정, 섭섭함
상대의 해석	나를 걱정하였구나. 연락을 안해줘서 섭섭했구나.	나의 사정은 전혀 생각해주지 않는구나. 나를 나쁜 사람으로 보고 있구나.
개념	"나"를 주어로 하는 진술	"너"가 주어가 되거나 생략된 진술
효과	1. 느낌의 책임을 자신에게 돌린다. 2. 청자에 대해 부정적인 평가를 하지않기 때문에 방어나 부적응이 일어날 가능성이 적다. 3. 관계를 저해하지 않는다. 4. 청자로 하여금 자성적인 태도와 변화하려는 의지를 높일 가능성이 높다. — 학습자에게 나의 입장과 감정을 전달함으로써 상호이해를 도울 수 있다. — 학습자에게 개방적이고 솔직하다는 느낌을 전달하게 된다. — 상대는 나의 느낌을 수용하고 자발적으로 자신의 문제를 해결하고자 하는 의도를 지니게 된다.	1. 죄의식을 갖게 하거나 자존심을 상하게 한다. 2. 배려받지 못하고 무시당한다는 생각을 갖기 쉽다. 3. 반항심, 공격성, 방어를 야기하여 자성적인 태도가 형성되기 어렵고 행동변화를 거부하도록 한다. — 학습자에게 문제가 있다고 표현함으로써 상호관계를 파괴한다. — 학습자에게 일방적으로 강요, 공격, 비난하는 느낌을 전달하게 된다. — 학습자는 변명하려 하거나 반감, 저항, 공격성을 보이게 된다.

PART 08

SPOT 강의를 위한
보디랭귀지

명강사들을 보면 강의 도중에 적절한 보디랭귀지를 사용하는 경우가 많다. 음성만큼이나 말을 할 때 상대방의 주목을 끄는 것이 바로 손짓, 눈빛 등의 보디랭귀지라 할 수 있다. 사람과의 커뮤니케이션에 있어서 단어가 발휘하는 역할은 약 7%, 소리 부분이 38%, 그리고 본 눈, 결국 보디랭귀지가 55%를 점한다는 것이다. 아무튼 단어가 나타내는 효과가 7%라는 것이므로 그 외의 요소, 결국 소리 부분과 보았던 눈의 부문이 93%의 임팩트 효과를 갖는다는 것이다. 따라서 어떤 때는 말보다 몸동작이 더욱 큰 강의 효과를 가져온다고 할 수 있다.

몸의 움직임을 어떻게 하느냐에 따라 강사에 대한 학습자의 감정이 진지하고 자신감 있게 보일 수 있기 때문이다. 따라서 보디랭귀지를 효과적으로 사용하면 의미를 명확히 할 수 있을 뿐만 아니라 강의를 활기 있게 하고 학습자들이 강사에게 더욱 깊은 관심을 보이도록 할 수 있다. 그러나 말하고자 하는 내용과 상반되는 몸의 움직임은 오히려 부자연스러워서 강의에 몰두하지 못하게 하므로 하지 않느니만 못할 수 있다.

1. 강의에 자신감을 나타내는 자세

시종일관 자신감 있는 표정으로 몸동작을 하면서 강의를 하는 명강사에게는 학습자들이 몰입하는 경우가 많다. 그러나 강의 도중 무의식적 습관에서 천장이나 시계를 자꾸 쳐다보거나 힘없는 모습으로 강의를 하면 성의 없게 빨리 끝내고 싶다는 뜻으로 학습자들에게 전달될 수 있다. 강단에서 할 수 있는 몸동작이 60가지가 넘는다고 한다. 예를 들면 강조할 때는 주먹이나 손가락으로 한곳을 지향하는 것이 좋듯 강의 내용에 악센트를 넣기 위한 몸동작은 의도적으로, 적절히, 그리고 다양하게 활용해야 한다.

서 있는 자세

강사가 강의 중 가장 많은 시간 보여주는 것이 서 있는 모습이다. 따라서 서 있는 모습을 통해서 학습자들의 주의집중과 동기를 유발할 수 있도록 해야 한다. 서 있는 자세는 바른 자세가 좋다. 바른 자세라 함은 양발의 넓이를 어깨만큼 벌리고 서 있는 것이며, 여성의 경우에 치마를 입고 있을 때 양발을 벌리고 서 있으면 보기 좋지 않기 때문에 왼발을 한발 내디디고 강의하는 것이 좋다.

강조를 할 때는 한쪽 발을 앞으로 내디디면서 몸을 상체로 실으면 학습자들과 다가가는 느낌이 들므로 학습자들이 주의를 기울일 수 있다. 그러나 한쪽 발을 뒤로 뻗으면서 몸을 뒤로 빼면 무언가를 수용하는 느낌을 주어 학습자의 감정을 편하게 해준다.

걸음걸이

강사는 처음으로 강의를 하러 가게 되면 통상적으로 강사대기실에 있거나 앞부분에 앉아 있게 된다. 사회자가 소개를 하게 되면 강사가 등장하는데 이때 첫인상이 결정됨으로 입장할 때 걸음걸이를 자신감 있게 한다. 사람마다 걸음걸이는 모두 다르지만 허리를 바로 세우고 어깨를 펴서 자신감 있는 걸음걸이를 해야 한다. 보폭은 짧게 하되 너무 위협적이지 않도록 하며 한 걸음의 폭이 다리 길이보다 길지 않도록 하는 편이 안정돼 보인다. 무릎은 편히 힘을 빼고 양발이 평행이 되도록 5cm가량의 사이를 두고 걷는 연습을 하는 것이 좋다. 자신 있고 매력적인 걸음걸이를 위해서는 평소의 지속적인 연습이 필요하다.

머리

강사에 따라서 강의 도중에 강사 자신도 모르게 지속적으로 강사의 머리가 한쪽으로 치우쳐 있는 경우가 있다. 학습자들은 강사의 머리가 한쪽으로 치우친 것을 느끼기 시작하면 치면 주의가 분산되거나 불안해한다. 따라서 강사는 머리를 똑바로 세운 채로 강의를 하거나 걸음을 옮기는 것이 좋다.

어깨

어깨는 거의 움직이지 않도록 하며 팔은 부드럽고 자연스럽게 두 팔을 동시에 움직이는 편이 바람직하다. 그리고 손은 손바닥이 안으로 향하도록 한다.

기타

배는 들이민 상태를 유지하며 엉덩이를 흔들지 않도록 주의한다.

학습자들에게 거리감을 느끼게 하는 동작

강사는 강의 도중 다음과 같은 행동은 되도록 자제하는 것이 좋다.
① 양손으로 교탁을 잡고 상체를 구부리는 자세

② 엉덩이를 뒤로 빼고 교탁에 몸을 의지하는 자세

③ 한발을 구부려 앞으로 내놓는 자세

④ 주머니에 손을 넣고 말하는 자세

⑤ 뒷짐을 지고 이야기하는 자세

⑥ 머리에 손을 대고 긁적이는 자세

2. 강의를 강력하게 만드는 손동작

강의를 할 때 강력하게 보이는 방법으로 가장 효율적인 방법이 바로 손동작이다. 강의를 하는데 시종일관 손을 내리고 이야기하면 강의가 파워풀해지기 어렵다. 웅변할 때를 예를 들면 손을 가만히 내리고 웅변을 한다면 호소력이 떨어지듯이 강의를 할 때 손동작을 어떻게 하느냐에 따라서 강하게 보이거나 수용적 분위기를 연출할 수 있다. 따라서 강사도 명강의를 원한다면 손동작을 가지고 학습자들에게 심리적으로 호소하는 것이 효과적이다.

손바닥을 위로 편 동작

손바닥을 위로 펴는 손동작은 유순하고 위협적이지 않은 제스처로, 강의 내용 중 무언가를 원할 때 손바닥을 펴고 간절히 원하는 제스처를 하면 효과적이다. 손바닥을 편 상태로 위로 올리면 강의 내용 중에서 강조하는 내용을 표현할 수 있으며, 손바닥을 편 상태로 아래로 내리면 수용적 분위기를 연출하여 학습자를 편하게 할 수 있다.

손바닥을 아래로 향한 동작

손바닥을 아래로 향하고 위로 치켜들면 지배적이고 위협적인 제스처로 강사는 자신의 부족한 카리스마를 표현하는 역할을 한다. 뿐만 아니라 금방 강의한 내용에 즉각적으로 권위를 갖게 만들어 주는 효과가 있다. 이러한 동작은 교회에서 목회자들이 주로 하나님의 말씀을 전달하는 동작에 많이 쓰인다. 따라서 학습자들이 강의 내용에 대하여 이해하지 못한 상태에서 이러한 동작을 사용하면 학습자들은 명령을 받은 것으로 느끼기도 하고 심지어는 적대감을 느낄 수도 있다.

주먹을 쥐고 손가락으로 지시하는 동작

주먹을 쥐고 손가락 하나 만을 편 동작은 공격적이고 위협적인 동작으로 사람을 지적할 때 주로 사용한다. 이러한 동작은 듣는 사람에게 명령에 복종할 것을 요구한다. 손가락으로 어떤 사람을 지적하면서 강의할 대 사용하는 동작으로 상당히 자극적이 될 수 있다. 그러나 손가락으로 학습자를 지칭하는 것은 학습자가 지적받았다는 부정적인 마음을 가져올 수 있으므로 극히 조심해야 한다.

3. 강의를 승패를 좌우하는 시선 접촉

눈은 보디랭귀지 중에서 중요한 역할을 수행하고 있다. 얼굴 가운데서도 눈은 '마음의 창'이라고도 한다. 눈을 보면 그 사람을 알 수 있다고 하는 것은 우리가 정보의 80% 이상을 눈을 통해서 입수하기 때문인데 우리는 의사소통 과정에서 음성 이외의 거의 모든 정보가 눈을 통해 들어오며 또 눈으로 전달되기 때문이다. 강의 시에 강사의 눈을 통해서 학습자들도 강의 분위기의 영향을 받듯이 학습자들의 눈을 통해서도 강의에 대한 피드백으로 나타나는 이해나 동감, 의문을 갖는 것에 대해서 알아차릴 수 있다. 따라서 강사는 자신감 있는 눈빛으로 학습자들과 눈을 마주치면서 학습자의 행동변화를 읽을 줄 알아야 한다. 만약 강사가 학습자들과 눈을 제대로 마주치지 못하거나 다른 곳을 지속적으로 쳐다보면 시선의 단절을 가져와 학습자들의 주의집중이나 학습에 대한 흥미를 떨어뜨리는 결과를 가져올 수 있다.

강사는 강의 내내 학습자들과 시선 접촉을 통해서 학습자들의 행동변화나 이해정도를 수시로 파악하여 강의에 반영하여야 한다. 학습자들의 눈동자가 커지는 것은 무언가 잘 모르겠거나 이해가 잘 안 되었다는 것을 의미한다. 이런 경우에는 그 부분을 좀 더 자세하게 설명하지 않으면 바로 질문이 들어올 수 있다. 학습자들의 눈이 밝아지거나 미소를 지으면 원하는 것을 알게 되거나 흥미를 갖는 것을 나타내므로 그 부분을 더 이야기하거나 재미있게 해주면 강의에 효과가 높아진다. 그러나 강의 도중 학습자들이 힘들어하거나 재미없어하는 표정을 지으면 강의 내용을 간단히 하거나 바로 넘어가면 수업에 대한 지루함을 줄일 수 있다.

강사는 강의 내내 시선을 학습자들과 지속적으로 접촉하게 됨에 따라 학습자들은 수업과 관련 없는 다른 행동이나 생각을 하면 안되겠다라는 생각을 가지게 만들어야 한다. 이러한 생각은 학습자들이 강의에 지속적으로 몰입하게 하는 데 도움을 주기 때문에 학습자들과 눈 맞추는 것은 매우 중요하다. 명강사들을 보면 반드시 시종일관 학습자들을 보면서 강의를 한다. 따라서 강의 시에 학습자들과 시선 접촉 유지를 제대로 하지 못하면 성공하는 강의가 되기 어렵다.

시선 접촉요령

강단에 서면 우선해야 할 것은 학습자를 보는 것이지만 학습자는 많은 수이므로 전원의 눈을 일률적으로 본다는 것은 불가능하다. 그렇다고 계속 한 사람의 눈만 보는 것도 좋은 방법이 아니다.

학습자 속에는 성격이 어두워 아무것도 하기 싫어하는 사람도 있고 반항적으로 기다리는 사람도 있다. 반대로 밝고 긍정적인 사람도 있다. 대체로 처음에는 학습자의 표정이 굳어있고 차가운 편이다. 이러한 차가운 분위기를 바꾸어주는 방법으로 지그재그법에 의해 가능하다.

지그재그법이란 강의장의 왼쪽 맨 끝에서부터 한 사람씩 눈을 맞추면서 흡사 대화하듯이 강의를 하면서 Z자 형식으로 시선을 옮겨가는 방법으로 그러다 보면 모든 학습자들과 눈을 맞추게 된다. 따라서 이 지그재그 법을 "일대일 커뮤니케이션법"이라고도 한다.

주의해야 할 시선 접촉

학습자들과 눈 맞추는 것은 매우 중요하다. 학습자들을 수시로 쳐다보지 않으면 강의내용이 너무 쉬워서 학습자들이 따분해 하는가, 거꾸로 너무 어려워서 혼동스러워 하는가를 제때 알 수 없다. 그러다가 강의 끝 무렵에 학습자들에게 "질문 없습니까?" 하면 학습자들은 조용할 것이다. 질문이 없다고 하여 학습자들이 강의 내용을 완벽히 알아들었을 것이라는 결론을 내리는 것은 착각이다.

— 강의 시 학습자의 반응을 무시한 채 준비된 각본대로 진행하면 깔끔하기는 하나 효과가 없을 수도 있다. 반드시 시선은 학습자들 쪽으로 향해 학습자들의 반응을 꼼꼼히 체크해가면서 강의를 해야 좋은 강의가 될 수 있다.

— 일반적으로 처음 강의를 하는 사람은 학습자들 앞에서 강의할 때는 천정을 보거나 뒷벽을 본다. 강사의 시선이 학습자에게서 벗어나면 학습자들은 딴 곳으로 마음을 돌리거나 잡담을 하고 심지어는 잠을 청한다. 따라서 학생들과 눈을 최대한 마주치려고 해야 한다.

— 강의를 할 때 좋은 반응을 보이거나 대하기 편한 얼굴이 있는 쪽을 보며 말하는 경향이 있다. 그러다 보면 강의실의 한 부분이나 몇몇 학습자들에게만 편파적으로 치우치기 쉽다. 이런 경우 교수의 시선을 못 받는 학습자들은 소외감을 느끼게 되며 학습 의욕을 잃게 될 수 있기 때문에 교수는 일부러라도 모든 학습자를 두루 보며 말하는 것이 바람직하다.

— 학습자들과 눈을 마주칠 때 너무 빠르게 이동하지 않는다. 너무 빨리 이동하면 오히려 산만해 보이므로 시선을 너무 빨리 이동하지 말고 학습자가 자기의 눈이 강사의 눈과 마주쳤다는 사실을 의식할 때까지 한 사람당 3초 정도 시선을 한 학습자에게 봐주는 것이 좋다.

PART **09**

SPOT 강의를 위한
웃음강의

1. 웃음의 일반적 효과

현대를 유머 시대라고 한다. 서점마다 유머에 관한 책이 넘쳐나고 기업경영에도 유머경영이 새로운 트렌드로 자리 잡고 있다. 유머는 마음을 즐겁게 하거나 웃음을 일으키는 의사소통. 익살·농담·해학 이라고도 한다. 본래, 고대 그리스 이후 서유럽의 고전 의학 용어로서 체액(體液)을 뜻하는 후모르(humor)라는 라틴어에서 유래되었다. 요즘 소위 학습자들이 좋아하는 강사라고 하는 분들을 보면 전부 나름 대로 독특한 캐릭터를 가진 재미있는 분들이 많다는 것을 알 수 있다. 이들은 유머 도중 독특한 억양이나, 몸짓, 유머를 통해 모두를 웃긴다. 심지어는 발표 내내 생글생글하고 익살이나 개그가 넘쳐흐른다. 실제로 강의실 현장에서도 유머가 있는 강사를 원한다.

강의를 하다 보면 학습자들이 수동적인 분위기가 되기 쉬운데 이러한 분위기를 한방에 활기찬 분위기로 바꿀 수 있는 것이 웃음이다. 웃음은 학습에 대한 주의를 집중하는 데 도움을 주며, 학습에 대한 동기를 유발하는 데 도움을 준다.

웃음은 가장 좋은 운동이다
— 웃음은 우리 온몸의 근육과 206개의 뼈를 자극시켜 신체 전 기관의 운동을 시켜주는 최고의 비결이다.
— 1분 웃음은 10분 이상의 에어로빅, 10분 이상의 조깅, 10분 이상의 자전거 타기의 효과가 있는 등 가장 짧은 시간에 가장 큰 효과를 내는 운동이다.

— 미국의 어느 학자는 5분 웃음이 5시간 운동 이상의 효과가 있다고 주장하고 있다.

웃음은 가장 좋은 약이다

— 현재 대부분의 약들은 증상을 없애주는 데 불과하지 근본적인 예방과 치료는 어려운 게 현실이다.

— '세상 최고의 약은 면역'이라고 의학의 아버지 히포크라테스는 말했다.

— 면역은 우리 몸속에 있는 최고의 의사이자 파수꾼인데 이를 강하게 해 주는데 최고의 방법이 웃음이다. 웃음은 백혈구를 증가시켜 우리를 질병으로부터 보호한다.

웃음은 가장 좋은 화장품이자 성형제이다.

— 웃을 때 21가지의 호르몬이 나와 얼굴 등 우리 몸의 혈액순환을 촉진시켜 피부를 젊게 만들어 주며 온몸을 성형시켜 주는 최고의 성형제이기도 하다.

— 우리의 얼굴은 성장기 이전까지는 부모가 낳아준 얼굴이지만 이후부터는 4년마다 한 번씩 바뀌는 내가 만들어가는 얼굴이다. 웃는 얼굴은 입꼬리를 올라가게 해서 아름답게 만들 뿐 아니라 얼굴 피부를 젊게 만들어준다.

웃음은 가장 좋은 성공비결이다.

— 돼지머리도 웃는 게 비싸다.

— 세계적인 장사꾼인 중국 속담에 '웃을 수 없는 사람은 장사를 하지 마라'라는 말이 있다고 할 정도로 장사에는 웃음이 필요하다.
— 웃음은 사람과 사람을 연결하는 황금 다리이자 상대를 내 편으로 끌어들이는 마법사라고 할 수 있기 때문에 성공하기 위해서는 이빨을 내고 다녀야 한다.

2. 웃음의 건강 효과

신경계
— 웃음은 신체 전 기관에 긴장을 완화 시킨다.
— 암 환자의 통증을 경감시킨다.
— 엔도르핀과 엔케팔린의 생성으로 통증을 억제하는 효과가 있다.

호흡기계
— 웃으면 산소공급이 2배로 증가하여 머리가 좋아진다는 임상 결과가 나옴
— 웃을 때 심장박동수가 2배로 증가하고, 폐 속에 남아있던 나쁜 공기를 신선한 산소로 빠르게 바꾸어 준다.
— 복식호흡을 해야 무병장수하는데 의식적으로 훈련하지 않아도 웃을 때 자동적으로 복식 호흡이 된다.

심혈관계

— 웃음으로 스트레스와 분노, 긴장을 완화시켜 심장마비를 예방할
수 있다.

— 웃음으로 동맥이 이완되었기 때문에 혈액의 순환과 혈압이 낮아
진다.

— 폭소는 긴장을 풀어주고, 혈액순환을 도와 질병에 대한 저항력
을 증가시킨다.

소화기계

— 기분이 좋을 때 소화 호르몬이 촉진되어 음식물의 소화를 돕는다.

— 웃음은 천연소화제이다.

비뇨기계

— 요실금을 예방하고 정력을 강화시킨다.

근육계

— 쾌활하게 웃으면 우리 몸의 650개 근육 중에 231개 근육이 움직
인다.

— 웃을 때 얼굴 근육은 15개가 움직인다.

— 한번 웃는 것은 에어로빅을 5분 동안 하는 운동량이다.

— 웃음은 가슴과 어깨 주위 상체 근육 운동을 함으로 오십견을 예
방하는 효과가 있다.

내분비계

— 웃음은 혈액 내의 아드레날린과 스트레스 호르몬인 코티솔의 양을 줄여 준다.

— 웃음 뒤엔 침에서 면역항체인 Ig A 농도가 증가함으로 감기 예방 효과가 있다.

면역계

— 웃음은 NK-Cell(자연 살상)세포의 증가로 암도 치료한다.

— 엔도르핀과 인터페론 감마의 분비를 증가시킨다.

웃음의 종류

■ 미소(微笑): 소리를 내지 않고 빙긋이 웃는 웃음.

■ 대소(大笑): 호쾌한 웃음으로 크고 넓은 웃음. 손뼉까지 치면 박장대소(拍掌大笑).

■ 함소(含笑): 머금은 웃음. 여성적인 웃음.

■ 고소(苦笑): 쓴웃음. 허탈할 때나 가벼운 손해를 입었을 때의 웃음.

■ 냉소(冷笑): 쌀쌀한 태도로 비웃음. 경멸 · 체념 등의 뜻으로 차갑게 웃는 웃음.

■ 자조(自嘲): 자기 스스로 자기를 비웃음.

■ 비소(非笑): 남을 비방하거나 비난 조로 내뱉는 웃음.

■ 홍소(哄笑): 입을 크게 벌리고 소리 내어 웃는 웃음.

■ 조소(嘲笑): 조롱하며 웃는 것. 비웃음.

- 담소(談笑): 이야기하면서 웃는 웃음. 웃고 즐기면서 이야기함.

- 실소(失笑): 어처구니가 없어서 자신도 모르게 터져 나오는 웃음.

- 폭소(爆笑): 크게 터져 나오는 웃음. 갑자기 크게 터져 나오는 웃음.

- 일소일소(一笑一少): 한 번 웃으면 한 번 젊어짐.

- 소문만복래(笑門萬福來): 웃으면 집에 복이 온다.

- 박장대소: 10초 동안 손뼉을 치며 크게 하하하 웃는다.

- 책상대소: 책상을 두 손으로 크게 치면서 웃는다.

- 뱃살대소: 뱃살을 빼기 위해 두 손바닥으로 때리면서 웃는다.

- 포복졸도: 바닥에 눕거나 구부려 앉아 크게 웃는다.

- 요졸복통: 허리가 끊어지고 배가 아플 정도로 20초 이상 웃는다.

- 파안대소: 소리로 '파'하면서 크게 웃는다.

- 폭소: 5초 동안 폭탄이 터지듯 짧게 크게 웃는다.

- 홍소: 얼굴이 붉어질 때까지 웃는다.

- 기차웃음: 사회자의 손사인에 따라 웃는다. 337박수 응원처럼 박자에 맞춰 기차의 칙칙폭폭 등 다양하게 웃는다.

- 비행기웃음: 비행기가 이륙할 때 착륙할 때처럼 리더의 손에 따라 크게 작게 웃는다.

- 배웃음: 뿌우웅~ 뱃고동처럼 느긋하게 길게 간격을 두고 웃는다.

- 오토바이웃음: 브릉브릉 오토바이 속도와 같이 웃는다.

- 아에이오우웃음: 아하하하 에하하하 이하하하 오하하하 우하하하.

- 섹시박수웃음: 아~ 에~ 이~ 우~ 얼굴표정과 온몸을 섹시하게 표현

- 아기박수웃음: 천진난만하게 아기처럼 맑게 깜찍하게 웃는다.

- 손뼉웃음: 노래하면서 손뼉을 치는데 리더의 구령에 따라 하나 하면

오른쪽 사람의 손에 손뼉 한번치고, 둘 하면 두 번치고, 셋 하면 세 번치고, 넷 하면 Z박수로 상하좌우로 손뼉을 크게 치고 다섯 하면 어깨동무하고 여섯 하면 춤을 추고 입 곱하면 옆 사람 옆구리를 간지럼 태운다.

■ 백설공주웃음: 자기 오른손바닥을 얼굴 앞에 들고 리더의 '거울아 거울아 이 세상에서 누가 가장 예쁘니? 그건 나야~ 나' 란은 멘트와 함께 크게 웃는다.

■ 나이쁘웃음: 서로 얼굴을 마주 보고 얼굴이 안 보이도록 양손을 마주 대고 있다가 리더의 지시에 따라 보여줘 하면 신비롭게 천천히 서로 양손을 벌리면서 앙증맞게 '나 이쁘' 하면서 웃도록 한다.

■ 가위바위보칭찬웃음: 서로 가위바위바위보를 하여 진사람이 칭찬을 해주고 이때 이긴 사람은 '당연하지' 하면서 크게 웃는다. 5명 이상 찾아가서 한다.

■ 배꼽잡기웃음: 서로 배꼽을 잡거나 검지를 배꼽에 끼우고 웃는다.

■ 천생연분웃음: 서로 얼굴을 마주 보고 얼굴이 안 보이도록 양손을 마주 대고 있다가 리더의 '짠'이라는 지시에 따라 재빨리 좌우 방향 중 한쪽으로 얼굴을 돌려 서로 맞으면 '천생연분', '결혼합시다', '첫사랑' 하면서 크게 웃고, 맞지 않으면 맞지 않은 사람끼리 만나 계속 해야 한다.

■ 느끼웃음: 서로 손을 잡고 5초간 눈을 보고 느끼고, 천천히 내려가 5초간 코를 보고, 5초간 입을 보면서 느껴봐! 느끼줘! 하면서 크게 웃는다.

■ 하하호호반대웃음: 리더가 양팔과 손을 벌리면서 동시에 웃음소리

로 하하하면 호호하고 호하호하하면 하호하호하는데 이때 참가자들은 반대로 행동과 웃음소리를 내야 한다.

3. 웃는 모습에 따른 성격 유형

활짝 웃는 사람

활짝 웃는 사람은 솔직하고 진실하며 열정적이다. 이런 사람은 자발적으로 남을 잘 도와주며 우정도 깊다. 일단 어떤 일을 결정하면 바로 행동으로 옮겨 시작한다. 결단력이 있고 성실하며 매우 빠르게 일을 처리하기 때문에 남에게도 신뢰성이 높다. 또한 일을 미루거나 우유부단한 성격을 보이지 않는다. 그러나 이런 사람은 겉으로는 매우 강해 보이지만 마음이 약한 내유외강 형이라 남이 공격할 때는 대처 능력이 부족하다.

배를 움켜쥐고 웃는 사람

웃음이 극치에 달하면 허리를 구부리고 배를 움켜쥐고 웃게 된다. 이런 사람은 대부분 성격이 밝고 애정이 넘치며 동정심이 많은 사람이다. 자신이 할 수 있는 범위라면 언제라도 다른 사람을 도와줄 것이다. 그들은 유머가 많으며 친한 친구와 함께 기쁨을 나누는 것을 특히 좋아한다. 이런 사람의 주위에는 늘 활기찬 분위기가 가득하다. 이들은 마음이 평온하고 단정하며 아첨하지 않을 뿐 아니라 지위가 낮은 사람도 멸시하지 않는다. 자신의 동료나 친구가 성공했을 때도 질투

하지 않고 진심으로 축복해준다.

웃음을 멈추지 못하는 사람

명랑하고 활발한 성격으로 자신의 감정을 감추지 않는 사람이다. 남과 대화를 할 때도 거리낌이 없으며 자신의 생각을 바로 전하는 스타일로 매우 시원스럽다. 일을 할 때는 대범하여 작은 것에 연연하지 않으며 남에게 나눠주는 것을 좋아하고 남이 어려움에 처해있을 때 잘 도와주며 그 가운데서 큰 기쁨을 찾는다. 그렇기 때문에 가족과 친구들이 모두 좋아하는 스타일이다.

눈물을 흘리며 웃는 사람

웃을 때 자주 눈물을 흘리는 사람은 감정이 풍부한 사람으로 동정심과 애정이 넘친다. 그들은 삶을 사랑하고 자신의 공간을 다채롭게 꾸미는 것을 좋아한다. 낙관적이고 적극적이며 진취적인 자세로 모든 것을 대한다. 일이 잘못되어도 쉽게 좌절하지 않으며 자신의 뜻을 끝까지 굽히지 않고 용감하게 전진하는 스타일이다. 중요한 시기에는 다른 이를 돕기 위해 자신의 이익도 희생할 줄 아는 사람으로 보답을 바라지는 않는다.

온몸으로 웃는 사람

온몸을 흔들며 웃는 사람은 솔직하고 진실하게 남을 대한다. 자신을 숨기지도 않으며 친구가 부족함을 보일 때는 망설임 없이 잘못을 지적해준다. 마음이 착하고 애정이 넘치기 때문에 친구가 어려울 때는 항상 자신의 능력이 닿는 한 반드시 도와준다. 이런 장점 때문에 만약 이 사람이 어려워지면 자신을 아끼지 않고 그를 돕는 사람이 많다. 그러나 단점이 있다면 너무 솔직해서 다른 사람의 감정을 상하게 할 수도 있다.

웃음소리가 지나치게 큰 사람

자신을 표현하기 좋아하는 사람으로 떠벌리기 좋아하는 편이다. 하지만 실제적으로는 냉정한 성격이며 신중하게 일을 처리한다.

웃을 때 완전히 다른 사람이 되는 사람

평상시에는 과묵한 사람인데 웃기만 하면 수습이 안 되고 허리까지 못 펴고 웃는 사람이 있다. 이런 사람은 진실한 마음을 가졌으며 자신의 감정을 숨기지 않아 친구로 사귀기에 가장 적합한 사람이다. 그러나 낯선 사람과 만날 때는 매우 차가운 분위기를 풍기기 때문에 쉽게 친해지기가 힘들지만 한번 친해지고 나면 상대를 매우 아껴주는 사람이다. 친구를 위해서라면 어떤 희생도 감수하는 스타일이다.

항상 미소를 짓는 사람

내성적이고 부끄러움이 많은 사람이다. 일을 할 때는 신중하여 남의 입장에서 객관적으로 상황을 관찰하고 결정할 줄 아는 사람이다. 마음이 깊어 남에게도 쉽게 자신의 생각을 털어놓지 않는다. 미소는 짓지만 웃음소리를 내지 않는 사람은 온화한 성격으로 남에게 친절하다. 감성적이며 환상을 좋아하고 로맨틱한 것을 꿈꾼다. 때론 낭만적인 분위기를 만들기 위해 큰 대가를 지불하기도 한다.

이가 보이도록 웃는 여자

전형적인 낙천파로 활발하고 명랑한 성격의 소유자다. 호기심이 많고 대범하며 개방적이다. 자기 마음대로 생활하는 편으로 동성과 이성 모두를 똑같은 태도로 대해 때론 가벼워 보일 수도 있다. 그런 여자는 결혼을 중요시하지 않으며 일부일처제도 당연하게 여기지 않는다.

웃음소리가 끊어졌다 이어졌다 하는 사람

좀 냉정한 사람이다. 현실을 중시하고 하늘에서 돈벼락이 떨어질 거라는 생각 따윈 처음부터 하지 않는다. 오직 성공을 위해서는 끊임없는 노력만이 필요하다고 생각한다. 남의 마음과 심리 세계를 꿰뚫어보는 예리한 관찰력과 통찰력을 동시에 가지고 있다. 매사에 신중하여 정보가 확실해지기 전까지는 경솔하게 입을 열지 않는 사람이다. '나를 알고 남을 알면 백전백승이다'가 그의 둘도 없는 원칙이다.

조심스럽게 몰래 웃는 사람

냉정한 사람으로 자기 보호 의식이 강하고 생각이 깊다. 일에 앞서 세 번 이상 생각을 한 후 행동으로 옮기기 때문에 항상 신중하다. 치밀한 계획이 없으면 절대 행동하지 않는 사람으로 업무에 능동적이지 못하고 모험을 두려워하기 때문에 책임을 지지 않으려는 단점을 가지고 있다. 그래서 때를 놓치기 쉽다. 또한 보수적인 성격으로 부끄럼을 잘 타는 편이며 자신의 마음을 드러내는 것을 꺼려한다. 그러나 이런 사람은 남에 대한 기대치가 높아 요구 사항이 까다롭지만 한번 친구가 되면 어떤 어려움이라도 함께한다.

손으로 입을 가리고 웃는 사람

내성적인 성격으로 부끄러움을 많이 타고 따뜻한 사람이다. 어떤 일이든지 의심을 잘하며 친한 친구에게도 쉽게 자신의 진심을 밝히지 않는다. 때문에 이들이 받는 심리적 압박감은 매우 크며 터무니없는 생각을 자주 하는 것이 단점이다. 이런 사람은 주의가 산만해 일에 집중하지 못하는 경향이 있다.

남이 웃을 때 따라서 웃는 사람

이런 사람은 삶에 대한 애정이 풍부하며 삶의 곳곳에서 즐거움을 발견한다. 낙천적이고 명랑하여 좌절을 만나도 쉽게 낙담하지 않는다. 실패를 경험해도 남을 불평하지 않고 오히려 투지를 불태우며 절대로 그냥 주저앉지 않는다. 다만, 실패를 경험과 단련의 시간으로 생각하기 때문에 사업에서 성공할 만한 스타일이다.

긴장하면서 웃는 사람

웃을 때 긴장하는 사람은 웃으면 안될까 봐 주변 사람들을 수시로 살핀다. 남이 계속 웃어야 자신도 따라 웃는 스타일이다. 이들은 매사에 자신감이 없고 소심하여 대범하지 못하다. 민감한 성격을 소유하고 있으며 자존심이 강해 남이 자신을 어떻게 보고 있는지 매우 중요하게 여긴다.

웃음소리가 날카로운 사람

세심한 사람으로 감정이 풍부하고 남을 잘 따르며 믿음이 강하다. 항상 일에 대한 열정이 넘치고 모험심을 가지고 있다. 모험 또한 인생의 참맛을 알아 가는 데 필요한 과정이라고 생각하기 때문에 매우 적극적으로 일을 처리하며 실패를 해도 절대로 실망하지 않는다. 다만 너무 주관적인 생각이 앞서 자신의 기준에서 선악을 판단하기 때문에 원칙적인 규정을 무시하는 경향이 많다.

웃음소리가 낮고 느린 사람

일반적으로 이런 사람은 자주 추억에 잠기며 감상적이며 환상을 좋아하는 낭만적인 사람이다. 주관이 부족해 쉽게 주위의 분위기에 휩쓸려 자신의 기분과는 상관없이 남을 따라 행동한다. 일에 대한 분석과 감별능력이 부족해 남에게 쉽게 속고 옳고 그름에 대해 분별을 잘 못 하는 경향이 있다. 이런 사람은 계산적이지 않아 남과의 관계는 원만하다.

웃음소리가 부드러운 사람

침착하고 믿음이 강한 사람으로 일을 조리 있게 처리한다. 일을 하다가 생각지도 못한 일이 생기더라도 냉정함을 유지할 줄 알며 원칙을 매우 중시한다. 사리에 밝고 대세를 볼 줄 아는 사람으로 남의 입장에서 항상 객관적으로 문제를 생각하기 때문에 남에게 해를 끼치는 일에는 절대로 참여하지 않는다. 또한 인간관계가 원만하기 때문에 갈등에 대한 화해를 이끌어 내는데 유능하다. 만약 이런 사람이 지도

자가 된다면 아주 뛰어난 능력을 발휘할 것이다.

"하하하" 크게 웃는 사람

명랑하고 호탕한 사람으로 마음에 거리낌이 없다. 대개 이런 사람은 몸이 건강하다. 그래서 하하하 크게 웃는 사람에게는 정력이 넘친다. 이런 사람은 관계가 원만해 좀처럼 감정이 상하지 않는다. 만약 이렇게 웃는 사람이 여자라면 조직 능력이나 리더십이 뛰어난 경우가 많다.

"키득키득" 웃는 사람

상상력이 풍부하고 창의적인 사람이다. 다른 사람들이 생각지도 못한 것들을 생각해내서 다른 사람들의 부러움을 사기도 한다. 유머가 많아 이 사람의 주변에는 늘 즐거움이 넘쳐 나기 때문에 자신도 모르게 가까워지기 쉽다. 인내심이 있어 일을 잘 처리하며 자신에게도 엄격해 실수가 없다. 일단 큰 계획을 세우면 최선을 다하는 사람으로 어려움을 두려워하지 않는 사람이다.

"허허" 웃는 사람

웃음소리를 완전히 내지 않는 사람으로 의욕과 정력이 부족한 사람이다. 일반적으로 자신감이 부족한 사람들이 이렇게 웃는 습관을 가지고 있다. 정신이 피곤하거나 마음이 급할 때도 이렇게 웃는 경향이 많으며 자신에게 실망과 불안이 있을 때도 이런 웃음이 나올 수도 있다.

"헤헤헤" 조소에 가깝게 웃는 사람

이런 웃음은 남을 비웃거나 멸시 혹은 비판의 의미를 가지고 있다. 그렇기 때문에 다른 사람과 대화 중에 상대가 이렇게 웃고 있다면 양측 모두 대화가 적절히 진행되지 않고 있음을 알아야 한다. 일반적으로 이렇게 웃는 사람은 마음이 불편한 상태에 놓여 있으며 이런 웃음소리로 상대를 제압하고 잠시라도 쾌감을 얻고자 하기 위함이다.

"히히" 애교스럽게 웃는 사람

소녀형 웃음소리로 다른 사람의 주위를 끌기 위한 웃음이다. 이들은 호기심이 왕성해 어떤 일이든 다 해보고 싶어하는 경향이 있다. 특히 신기한 일과 낯선 일에 대해서는 제대로 파헤치기 전까지는 끝까지 포기하지 않는다. 이런 여자들은 남자들의 호감을 얻는 것을 갈망하여 자기만의 욕구가 아주 강하기 때문에 경박하게 보이기 쉽다. 변덕스럽고 감정의 기복이 심해 남이 종잡을 수 없다.

콧소리로 웃는 사람

웃음을 참지 못하다가 일시적으로 참게 되면 대개 콧소리와 함께 웃게 된다. 이런 사람은 부끄러움이 많은 성격으로 겸손하며 남에게 떠벌리지 않는다. 남의 기분을 중시하기 때문에 세심하고 따뜻해 친구에게 인기가 많다. 어떤 일을 하든지 원칙대로 하며 경솔하게 일을 처리하지 않는다.

턱을 들고 웃는 사람

턱을 치켜들고 경멸하는 표정으로 웃음을 짓는 사람은 자만심이 지나친 사람으로 자신 이외의 다른 사람은 모두 무시하는 경향이 있다. 사실, 이런 사람은 진정한 자신감이 부족하기 때문에 반대로 이렇게 표현하는 것에 지나지 않는다. 즉 다른 사람을 낮춰서 자신의 가치를 높이려는 기대심리를 가지고 있다.

입을 오므리고 웃는 사람

입을 오므리고 웃는 것이 버릇이 된 사람은 자신감이 아주 강한 사람으로 야심만만하다. 자기현시 욕구가 매우 강한 사람이다.

여자처럼 웃는 남자

극단적인 성격의 소유자로 때론 아주 충실하고 성실하게 규율을 지키지만 때론 대범하게 변한다. 때론 미친 것처럼 보이기도 한다.

웃음소리가 일정하지 않은 사람

분위기에 따라 웃는 모습이 다른 사람은 환경 적응능력이 뛰어나며 현실적인 사람이다. 사교능력이 뛰어나 자연스럽게 남과 분위기도 잘 맞추기 때문에 사람들과 잘 융화한다. 이런 사람이 함께 있다면 모임의 분위기가 좋아지기 때문에 많은 사람들이 이들과 함께 있고 싶어한다.

4. 웃음훈련으로 즐거운 분위기 만들기

억지로 웃는 것도 90% 이상 효과가 있으며, 가능한 혼자 웃기보다는 여럿이 웃으면 33배 효과가 있다. 특히 손뼉을 치며 발을 구르며, 양팔을 하늘 위로 벌려 큰소리로 한번 웃으면 더욱 효과가 좋다.

웃음 훈련을 할 때도 효과를 올리기 위해서 워밍업이 필요하다. 웃음 훈련을 위해 제일 먼저 '하, 히, 후, 헤, 호' 연습을 해보자. 기존 입 주위 근육운동은 '아, 에, 이, 오, 우'로 많이 했지만 '아' 대신 '하' 발음을 이용하면 훨씬 운동 폭이 강해진다. 사람들의 웃음소리가 주로 '하하하', '히히히', '후후후', '헤헤헤', '호호호' 이므로 이렇게 연습하면 보다 실제적이다. 하하, 후후, 호호는 품위 있는 웃음소리다.

하지만 히히, 헤헤는 그 반대이므로 이런 웃음소리는 내지 않는 것이 좋다. 하지만 입꼬리 올려주기 근육운동에는 꼭 필요한 소리이므로 주의 깊게 발음해 보자. 안면 운동을 할 때 가장 염두에 두어야 할 점은 평상시에 잘 사용하지 않는 근육을 움직여 주는 것이다. 또 마음을 편안하게 가져 스트레스 없는 상태에서 하는 것이 좋다. 입꼬리가 처진 사람은 그림과 같은 근육운동을 화장 전이나 목욕 중, 또는 생각날 때마다 해본다.

근육운동을 해서 입 주위가 얼얼한 느낌이 들면 정확하게 따라 했다는 증거이고 입 언저리 근육 운동에 성공한 셈이다. 언제든지 생각날 때마다 해보면 당신의 얼굴 표정은 한결 부드러워질 것이다.

'하' 소리내기

큰소리로 '하', '하'하고 두 번 소리를 낸다. 턱이 움직일 정도로 될 수 있는 한 크게 입을 벌려 소리를 낸다.

'히' 소리내기

큰소리로 분명하게 '히', '히' 하고 두 번 소리 낸다. 입꼬리를 한일자로 좌우로 힘껏 당기고 입술의 근육을 긴장시킨다.

'후' 소리내기

큰소리로 분명하게 '후', '후' 하고 두 번 소리 낸다. 입꼬리를 약간 긴장시키는 것처럼 입술을 가볍게 앞으로 내밀고 소리 낸다. 생일케이크 촛불 끌 때 입 모양을 생각하면 된다.

'헤' 소리내기

큰소리로 분명하게 '헤', '헤' 하고 두 번 소리 낸다. 입꼬리를 의식하고 힘을 넣어 위로 올리는 것처럼 한다.

'호' 소리내기

큰소리로 분명하게 '호', '호' 하고 두 번 소리 낸다. 입술을 뾰쪽하게 내밀고 입에 알사탕을 넣었다는 기분으로 한다.

깜짝 놀란 표정 짓기

입술을 오므린 뒤 눈을 크게 떠 깜짝 놀랐을 때의 표정을 짓는다.

이때 양손으로 볼과 목 뒤를 가볍게 서너 번 두드린다.

좌우로 삐쭉삐쭉

입술을 오므려 앞으로 쭉 내밀고 좌우로 움직인다. 5~6회 계속하면 입 주위와 볼 근육이 움직이는 것을 느낄 수 있다.

한쪽으로 당기기

입술을 한쪽으로 힘껏 끌어당기고 어금니를 꽉 깨문다. 좌우로 삐쭉거릴 때와는 다른 근육이 움직인다는 것을 알 수 있다. 좌우 번갈아 5~6회 반복한다.

좌우로 당기기

아랫입술과 윗입술을 동시에 힘껏 양옆으로 끌어당겨 위, 아랫니를 깨물 듯이 힘을 준다. 마찬가지로 5~6회 해준다.

입 벌려 하늘 보기

크게 입을 벌리면서 목을 천천히 뒤로 젖힌다. 목덜미의 피로가 풀리고 전신에 활력을 준다. 마지막 단계로 반드시 해주면 좋다.

아름다운 입술을 위한 근육운동

관상학에서 육체를 상징하는 입술은 눈과 함께 나란히 주목도가 높은 곳이다. 입술도 그냥 내버려 두면 입술의 근육이 점점 탄력을 잃게 되어 아름다운 입술의 매력을 잃어버리고 만다.

매일 구륜근을 단련시키면 입언저리의 주름도 방지하고 매력적인 입매를 만들 뿐 아니라 입꼬리의 모양을 단정하게 하는 효과가 있다.

입꼬리 누르기

두 집게손가락과 가운뎃손가락으로 입꼬리를 누르고 입술을 앞으로 내민다. 입꼬리가 느슨해지는 것을 방지한다.

볼 당기기

입술을 긴장을 풀고 다문 채로 두 손을 볼에 대고 가볍게 귀 방향으로 끌어올려 주듯 당긴다.

볼 당겨 '후후' 소리내기

손은 '볼 당기기' 상태대로 손의 힘을 빼지 말고 '후', '후' 하고 몇 번 더 되풀이하여 소리 낸다.

6. 웃음율동

웃음율동은 음악이나 반주를 틀어 놓고 따라 부르면서 율동 하는 것으로 스트레스를 해소할 수 있다.

사랑해 당신을(은희)♬

사랑해(손가락 하트) 당신을(손을 벌려서 모두를 포용) 정말로(주먹 쥐고) 사랑해(하트) 당신이 내 곁을(가슴 치면서) 떠나간(바이 바이) 뒤에(손가락을 뒤로) 얼마나(주먹 쥐고) 눈물을(주먹으로 눈을 때리면서) 흘렸는지(눈물을 닦는 시늉) 모른다오 예 예 예 ~[후렴] 사랑해(손가락 하트) 당신을(손을 벌려서 모두를 포용) 정말로(주먹 쥐고) 사랑해(하트)

동반자(태진아) ♬

(간주 - 주먹을 쥐고 엄지손가락을 치켜세워 팔을 앞으로 내뻗으며 내가 최고 - 당신이 최고) 당신은(두 손바닥으로) 나의(손으로 안는 동작) 동반자(어깨동무) 영원한 나의 동반자(계속 어깨동무) 내 생애(안는 동작) 최고의 선물(양손 엄지손가락 치켜세우기) 당신과(두 손) 만남 이었어(두 손을 승리의 악수로 만들어 머리 위로 흔들기) 잘 살고(배 두드리기) 못 사는 건(허리 두드리기) 타고난(두 손 얼굴 받히기) 팔자지만(반대로) 당신만을(두 손 내밀기) 사랑해요(대형하트) 영원한 동반자여(어깨동무) [반복 3번]

남행열차(김수희) ♬

비 내리는 호남선(두 손으로 윈도 브러쉬 좌우로 흉내) 남행열차에(기타 바퀴 좌우로) 흔들리는(양어깨를 심하게 흔든다) 차창 너머로(차창을 만들어 얼굴을 내민다) 비 눈물이 흐르고(두 손으로 빗물 흉내) 내 눈물도 흐르고(좌우로 섹시하게 비 내리는 흉내) 잃어버린(오른쪽 하트) 첫 사랑도(왼쪽 하트) 흐르네(바이 바이) 깜빡 깜빡이는(두 손으로 신호등) 희미한(왼손으로 눈 가리고 오른손으로 옆 사람

더듬기) 기억 속에(자자) 그때 만난 그 사람(사람 몸 그리기) 말이(입 가리고) 없던 그 사람(사람 몸 그리기) 자꾸만(자꾸 위아래로 흉내) 멀어지는데(두 손으로 벌리다 좁히다) 만날 순(자기 머리 뜯기) 없어도 잊지는(옆 사람 머리 뜯기) 말아요 당신을(두 손 입에) 사랑 했어요(쭉 벌려서 사랑을 나눠주기)

만남(노사연)♬

우리(가슴 안고) 만남은(옆 사람과 손잡기) 우연이(새끼줄 꼬기) 아니야(바이 바이) 그것은(먼 하늘을 가리키며) 우리의(가슴 안기) 바람(기도하기) 이었어(끄덕끄덕) 잊기에(손가락 소리내기) 너무한(두 손으로 손가락 소리내기) 나의 운명(머리 쥐어뜯기) 이었기에(옆 사람 머리의 이 잡아 죽이기) 바랄 수는(오른쪽 사람 얼굴 받들기) 없지만(얼굴 밀기) 영원을(손가락 동그라미 두 개) 태우리(부싯돌 비벼서 태우기) 돌아(오른쪽 사람 머리 잡기) 보지(왼쪽사람 머리잡기)말아(말타기 흉내) 후회(오른쪽 사람 팔 잡아 흔들기) 하지(왼쪽 사람 팔 잡아 흔들기) 말아(말타기 흉내) 아하~(옆 사람 허벅지 꼬집기) 바보 같은(영구 흉내) 눈물(주먹으로 눈 때리기) 보이지(양손으로 눈 가리기) 말아(말타기 흉내) 사랑해(하트) 사랑해(하트) 너를 사랑해

무조건(박상철)♬

네가 필요할 때(다른 사람) 나를(나) 불러 줘(노래 부르기) 언제든지(걷는 시늉) 달려갈게(뛰는 시늉) 낮에도(예쁜 손 허리) 좋아(해바라기 웃음) 밤에도(손 허리) 좋아(반대로 해바라기 웃음) 언제든지 달

려갈게(뛰는 시늉) 다른 사람들이(다른 사람) 나를(나) 부르면(노래) 한참을(손가락 머리에 대고 고민) 생각해 보겠지만(반대로) 당신이 나를 불러준다면(노래) 무조건(양손 머리 옆으로 흔들면서 앞으로 나가기) 달려갈 거야(4번) 당신을 향한 나의 사랑은(왼편으로 아주 작은 하트) 무조건(무대포 정신으로 동작) 무조건이야 당신을 향한 나의 사랑은(오른편 작은 하트) 특급사랑이야(초대형 하트) 태평양을(자유형) 건너 대서양을(평형) 건너 인도양을(배형) 건너서라도 당신이 부르면 달려갈 거야 무조건 달려갈 거야

모두가 천사라면(전영)♬

이 세상 사람들이(두 손을 모으고 오리흉내) 모두가 천사라면(흥겹게 어깨 흔들면서 춤추기) 얼마나(두 팔 벌리고 360도 돌면서 천사 날갯짓) 재미있을까(두 손을 허리에 대고 큰소리로) 하하하하× 4번 이후 3/4박자 왈츠에 맞추어 오른손으로 팔짱 끼면서 여러 사람들 만나며 돌기. 왼손은 위로 흔들면서 반짝반짝하기

PART **10**

실전!
실내 SPOT 강의

1. '가위 바위 보' 업어주기

소요 시간	2~3분	적용 시기	도입
대상	초등학생~성인	준비물	없음
장소	실내, 실외	인원	2명

목적

· 경직된 분위기를 해소할 수 있다.

· 신체 활동을 통하여 근육을 이완시킨다.

· 점심식사 후 나른함을 해소해 줄 수 있다.

· 금방 분위기를 친숙하게 할 때 사용한다.

주의점

· 잘못하면 소란스러워 질 수 있으므로 강사의 말에 행동이 따르도록
해야 한다.

· 오랫동안 진행하면 통제를 하기 어려워지므로 5회 정도만 하는 것이
좋다.

· 계단이 있는 강의실에서는 안전사고가 발생할 수 있으므로 하지 않
는다.

진행방법

· 두 사람씩 짝을 지어 가위 바위 보를 하게 한다.

· 진 사람이 이긴 사람을 업어주게 한다.

· 업힌 사람이 업은 사람과 다시 가위 바위 보를 한다.

· 같은 방법으로 무르익을 때까지 계속한다.

진행멘트

· 식사를 바로 하셔서 매우 졸립지요? or 아직 옆에 분들과 잘 모르시 지요?
· 맨 앞줄에 있는 분들은 오른쪽에서부터 왼쪽으로 번호를 해 보세요.
· 전부 일어나셔서 홀수 줄에 있는 분은 짝수 줄에 있는 분과 마주 보 세요.
· 먼저 인사를 하시고 가위,바위,보를 하시지요.
· 결정이 되었으면 진 사람이 이긴 사람을 제가 다섯을 셀 때까지 업어 주고 그 상태에서 다시 가위, 바위, 보를 합니다.
· 하나, 둘, 셋, 넷, 다섯, 자 이제 다시 가위, 바위, 보를 합니다.
· 결과에 맞도록 진 사람이 이긴 사람을 업어주세요.

2. 삼박자

소요 시간	2~3분	적용 시기	도입
대상	초등학생~성인	준비물	없음
장소	실내, 실외	인원	2명

목적

· 경직된 분위기를 해소할 수 있다.
· 신체 활동을 통하여 근육을 이완시킨다.
· 청중의 단합을 유도할 수 있다.

· 금방 분위기를 친숙하게 할 때 사용한다.

주의점
· 잘못하면 소란스러워 질 수 있으므로 강사의 말에 행동이 따르도록 해야 한다.
· 오랫동안 진행하면 통제를 하기 어려워지므로 5회 정도만 하는 것이 좋다.

진행방법
· 게임진행방법에 대하여 설명해 준다.
· 강사는 두 사람을 지정하여 제자리에서 일어나게 한다.
· 강사의 3박자 신호에 따라 무릎 1번, 손뼉 1번, 오른손 엄지 꼽기를 하고 단어를 한 글자씩 말하도록 한다.
· 틀리는 사람에게 기분 나쁘지 않은 벌칙을 준비한다.
· 같은 방법으로 무르익을 때까지 계속한다.

진행멘트
· 안녕하세요. 오늘은 여러분들의 단결을 보도록 하겠습니다.
· 제가 하나 하면 두 손을 이용해서 무릎을 1번 치고, 둘 하면 손뼉 1번을 치고, 셋 하면 오른손 엄지 꼽기를 합니다.
· 삼박자가 끝나면 첫 번째 사람은 '평'이라고 말하고, 또 삼박자가 끝나면 두 번째 사람은 '생'이라고 이어서 말하고, 또 삼박자가 끝나면 세 번째 사람은 '교'라고 이어서 말하고, 네 번째 사람은 '육'이라고 이

어서 말하고, 다섯 번째 사람은 '평생교육'이라고 하면 됩니다.

· 자 시작해 볼까요? 하나, 둘, 셋, '평', 둘, 둘, 셋, '생', 셋, 둘, 셋, '교', 넷, 둘, 셋, '육', 다섯, 둘, 셋, '평생교육'.

· 잘하는군요. 다시 한번 해 볼까요?

3. 침이 마르도록 칭찬하기

소요 시간	2~3분	적용 시기	도입
대상	초등학생~성인	준비물	없음
장소	실내, 실외	인원	2명

목적

· 경직된 분위기를 해소할 수 있다.

· 칭찬을 통해 부드러운 분위기를 만든다.

· 칭찬의 위대함을 알게 한다.

· 칭찬을 잘하려면 연습을 해야 한다는 것을 알게 한다.

주의점

· 지적해도 말을 안 하는 사람을 만나면 수습을 잘해야 한다.

· 칭찬을 잘 못 한다고 구박을 주어서는 안 된다.

진행방법

· 게임진행방법에 대하여 설명해 준다.

· 강사는 두 사람을 지적하여 제자리에서 일어나게 한다.

- 한 사람씩 상대방을 칭찬하는데 사회자가 그만하라고 할 때까지 계속 칭찬하게 한다.
- 주로 상대방의 첫인상이나 외모, 이미지, 자세, 노력 등을 칭찬한다.
- 조금 유머스럽게 칭찬을 해도 좋다고 알려 준다.
- 같은 방법으로 무르익을 때까지 계속한다.

진행멘트

- 안녕하세요. 오늘은 여러분들에게 칭찬의 힘이 얼마나 큰가 알아보도록 합시다.
- 제가 호명하는 두 분은 일어나 주세요.
- 이제 두 분이 서로를 1분 동안 칭찬하셔야 하는데 인사 먼저 나누세요.
- 자 시작해 볼까요? 1분 동안 왼쪽 분께서 상대방의 칭찬을 시작하세요.
- 처음 하시는데 잘하시는군요. 평상시에도 그렇게 칭찬을 잘하시나요?
- 잘 들으셨지요? 이제 반대로 오른쪽 분이 상대방의 칭찬을 해 보세요.
- 여러분 칭찬을 들으니 어떠세요. 하루의 시작을 이렇게 하면 어떨까요?

4. 속담 명언 잇기

소요 시간	2~3분	적용 시기	도입
대상	초등학생~성인	준비물	없음
장소	실내, 실외	인원	2명

목적

· 경직된 분위기를 해소할 수 있다.

· 청중의 단합을 유도할 수 있다.

· 금방 분위기를 친숙하게 할 때 사용한다.

주의점

· 재미있는 단어를 선정해야 한다.

· 답을 잘 못 한다고 면박을 주어서는 안 된다.

진행방법

· 진행방법에 대하여 설명해 준다.

· 강의에 쓰는 단어는 선인들의 명언, 사자성어, 기관에서 그날 강의할 내용, 많이 쓰는 표어 등으로 한다.

· 강사는 청중을 반으로 나누어 1번부터 양쪽 1명씩 일어나게 하여 강사가 앞 구절을 말하면 둘 중 한 명이 빨리 뒤 구절을 외치는 편에게 점수를 준다.

· 같은 방법으로 무르익을 때까지 계속한다.

진행멘트

· 안녕하세요. 오늘은 여러분들에게 교양이나 지식이 어느 정도인가를 테스트해 보겠습니다.

· 진행을 잘하기 위하여 반으로 나누겠습니다.

· 1번부터 양쪽 1명씩 일어나세요.

- 이제 두 분 중에서 제가 낸 속담이나 명언에 대하여 답을 맞히는 분에게 1점을 드리겠습니다.
- 자 시작해 볼까요? '지피지기면?'
- 왼쪽 팀에서 '백전백승'이라고 외쳤다고 가정하고
- 네 잘하시는군요. 왼쪽 팀에게 1점을 드리겠습니다.
- 다음 2번 두 분 일어나세요.
- 계속 진행한다.

5. 교통신호

소요 시간	2~3분	적용 시기	도입
대상	초등학생~성인	준비물	없음
장소	실내, 실외	인원	2명

목적
- 경직된 분위기를 해소할 수 있다.
- 청중의 단합을 유도할 수 있다.
- 청중의 순발력을 높일 수 있다.
- 금방 분위기를 친숙하게 할 때 사용한다.

주의점
- 지적해도 말을 않는 사람을 만나면 수습을 잘해야 한다.
- 잘 못 한다고 면박을 주어서는 안 된다.

진행방법

· 진행방법에 대하여 설명해 준다.

· 한 사람부터 시작하여 오른손을 가슴에 대면서 손끝이 왼쪽을 향하여 '일'하면 이어서 왼쪽 사람도 같은 방법으로 '이', '삼', '사', '오', '육'하고 이와 같은 방법으로 '칠'까지 전달하고 그다음은 '일'로 다시 돌아와 같은 방법으로 계속 진행한다.

· 숙달되면 '사'를 말하는 사람은 방향을 손으로 왼쪽, 오른쪽으로 마음대로 전환할 수 있도록 권한을 준다.

· 다음에는 '칠'을 말하는 사람은 방향을 손으로 왼쪽, 오른쪽으로 마음대로 전환할 수 있도록 권한을 준다.

· 고난이도를 원하면 손을 사용하지 않고 눈이나 입을 사용할 수도 있다.

· 같은 방법으로 무르익을 때까지 계속한다.

진행멘트

· 안녕하세요. 오늘은 여러분들에게 순발력이 어느 정도인가를 테스트해 볼까요?

· 제가 지정하는 분부터 시작하겠습니다.

· 지정받은 분은 오른손을 가슴에 대면서 손끝이 왼쪽을 향하여 '일'하면 이어서 왼쪽 사람도 같은 방법으로 '이', '삼', '사', '오', '육'하고 이와 같은 방법으로 '칠'까지 전달하고 그다음 분은 '일'로 다시 돌아와 같은 방법으로 계속 진행합니다.

· 잘하시는군요. 그럼 이제 반대 방향으로 진행을 하겠습니다.

· 역시 잘하시는군요. 그럼 이제 '사' 자를 말하는 분은 방향을 손으로

왼쪽, 오른쪽으로 마음대로 전환할 수 있도록 권한을 줍니다. 시작해 볼까요?

· 역시 잘하시는군요. 그럼 이제 '칠' 자를 말하는 분은 방향을 손으로 왼쪽, 오른쪽으로 마음대로 전환할 수 있도록 권한을 줍니다. 시작해 볼까요?

· 이제 다들 전문가시네요. 그럼 이제는 손을 사용하지 않고 눈이나 입을 사용해서 방향을 바꾸어 보도록 하겠습니다.

6. 내 코, 내 귀

소요 시간	2~3분	적용 시기	도입
대상	초등학생~성인	준비물	없음
장소	실내, 실외	인원	2명

목적

· 경직된 분위기를 해소할 수 있다.
· 신체 활동을 통하여 근육을 이완시킨다.
· 청중의 단합을 유도할 수 있다.
· 금방 분위기를 친숙하게 할 때 사용한다.

주의점

· 잘못하면 소란스러워 질 수 있으므로 강사의 말에 행동이 따르도록 해야 한다.
· 오랫동안 진행하면 통제를 하기 어려워지므로 5회 정도만 하는 것이

좋다.

진행방법

· 진행방법에 대하여 설명해 준다.
· 강사가 말하는 것과 반대로 나타나게 해야 한다.
· 강사가 '내 코'하고 말하면서 자기 귀를 가리면 모두 '내 귀' 하면서 자기 코를 가리켜야 한다. 반대로 '내 귀'하고 말하면서 자기 코를 가리키면 모두 '내 코' 하면서 자기 귀를 가리켜야 한다.
· 강사가 자기 다리를 가리키면서, '내 팔' 하면 상대방은 자기 팔을 가리키며 '내 다리' 해야 한다.
· 이와 같이 우리 신체의 여러 부분을 활용하면서 할 수도 있다.

진행멘트

· 안녕하세요. 오늘은 여러분들에게 순발력이 어느 정도인가를 테스트해 볼까요.
· 이제 제가 '내 코' 하면서 제 귀를 가리키면 여러분들은 모두 '내 귀' 하면서 자기 코를 가리켜야 합니다. 반대로 '내 귀' 하면서 제 코를 가리키면 여러분들은 모두 '내 코' 하면서 자기 귀를 가리켜야 합니다.
· '내 코'
· '내 귀'
· 이제 바꾸어서 제가 다리를 가리키면서, '내 팔' 하면 여러분들은 모두 자기 팔을 가리키며 '내 다리' 해야 합니다. 또 반대로도 해 보겠습니다.

· 이제 다들 전문가시네요.

7. 땅! 따당

소요 시간	2~3분	적용 시기	도입
대상	초등학생~성인	준비물	없음
장소	실내, 실외	인원	2명

목적

· 경직된 분위기를 해소할 수 있다.

· 신체 활동을 통하여 근육을 이완시킨다.

· 청중의 단합을 유도할 수 있다.

· 금방 분위기를 친숙하게 할 때 사용한다.

주의점

· 잘못하면 소란스러워 질 수 있으므로 강사의 말에 따르도록 해야 한다.

· 오랫동안 진행하면 통제를 하기 어려워지므로 5회 정도만 하는 것이 좋다.

진행방법

· 진행방법에 대하여 설명해 준다.

· 강사가 '땅'하고 오른손으로 총 쏘는 시늉을 하면 모두 '따당'하고 되쏘는 시늉을 하도록 한다.

· 반대로 '따당'하면 반대로 '땅' 하도록 한다.
· 둘씩 짝을 지어 연습을 하도록 한 후 강사는 아무나 선택하여 '땅! 따당'을 진행한다.
· 어느 정도 숙달이 되면 '따당, 땅!'하면 반대로 '땅! 따당', '땅! 따당'하면 반대로 '따당, 땅!'으로 하도록 한다.

진행멘트

· 안녕하세요. 오늘은 여러분들에게 순발력이 어느 정도인가를 테스트해 볼까요.
· 제가 '땅'하고 오른손으로 총 쏘는 시늉을 하면 여러분들 모두는 '따당'하고 되쏘는 시늉을 하시면 됩니다. 그리고 반대로 제가 '따당'하면 반대로 '땅'하시면 됩니다.
· '따당', '땅' '땅', '따당'
· 잘 안되시지요. 그럼 옆에 분과 연습을 해 보도록 하지요.
· 자 이제 연습이 충분히 되신 것 같은데 이제 제가 지정하는 분이 답하도록 하겠습니다.
· 이제 여러분들이 많이 숙달되었으니 제가 '따당, 땅!'하면 반대로 지정받은 분이 '땅! 따당'하고, 제가 '땅! 따당'하면 반대로 '따당, 땅!'하면 됩니다.
· '따당', '땅' '땅', '따당'
· 이제 여러분들은 전문가시네요.

8. 몸짓 박수

소요 시간	2~3분	적용 시기	도입
대상	초등학생~성인	준비물	없음
장소	실내, 실외	인원	2명

목적

· 경직된 분위기를 해소할 수 있다.

· 신체 활동을 통하여 근육을 이완시킨다.

· 청중의 집중을 유도할 수 있다.

· 금방 분위기를 친숙하게 할 때 사용한다.

주의점

· 잘못하면 소란스러워 질 수 있으므로 강사의 말에 따르도록 해야 한다.

· 발을 디디려다 말 때 박수를 치는 사람은 걸리게 하되 불쾌하게 하지 않는다.

· 오랫동안 진행하면 통제를 하기 어려워지므로 5회 정도만 하는 것이 좋다.

진행방법

· 진행방법에 대하여 설명해 준다.

· 강사가 발을 떼어 디딜 때마다 모두 박수를 한 번씩 치게 하다.

· 발을 디디려다 말 때 박수를 치는 사람은 걸리게 된다.

- 이번에는 강사가 '여러분'이란 말을 할 때마다 박수를 두 번을 빠르게 치라고 말하고 '여러분'이란 단어가 들어 있는 말로 연설을 한다.
- 이번에는 머리를 긁적거리는 동안 계속 박수를 치게 한다.
- 다음에는 손을 번쩍 쳐들고 흔들면 계속 박수를 치면서 '와'하고 환호를 하게 한다.
- 마지막으로 걸어 다니면서 머리를 긁적거리거나 '여러분'이라는 말을 하거나 네 가지 동작을 한꺼번에 하면서 청중들을 집중하게 한다.

진행멘트

- 안녕하세요. 오늘은 여러분들에게 순발력이 어느 정도인가를 테스트해 볼까요.
- 자 이제 여러분들의 건강을 위해서 박수를 한번 쳐볼까요?
- 제가 발을 떼어 디딜 때마다 모두 박수를 한 번씩 쳐 보세요. 네, 잘하시는군요.
- 이번에는 제가 '여러분'이란 말을 할 때마다 박수를 두 번을 빠르게 쳐 보세요.
- 이번에는 제가 머리를 긁적거리는 동안 계속 박수를 쳐 보세요.
- 다음에는 제가 손을 번쩍 쳐들고 흔들면 계속 박수를 치면서 '와'하고 환호를 해 보세요. 네 잘하시는군요.
- 걸어 다니면서 머리를 긁적거리거나 '여러분'이라는 말을 하거나 네 가지 동작을 한꺼번에 하면서 청중들을 집중하게 한다.
- 이제 여러분들은 전문가시네요.

9. 손가락 접기

소요 시간	2~3분	적용 시기	도입
대상	초등학생~성인	준비물	없음
장소	실내, 실외	인원	2명

목적

· 경직된 분위기를 해소할 수 있다.

· 신체 활동을 통하여 근육을 이완시킨다.

· 청중의 집중을 유도할 수 있다.

· 금방 분위기를 친숙하게 할 때 사용한다.

주의점

· 잘못하면 소란스러워 질 수 있으므로 강사의 말에 따르도록 해야 한다.

· 오랫동안 진행하면 통제를 하기 어려워지므로 5회 정도만 하는 것이 좋다.

진행방법

· 진행방법에 대하여 설명해 준다.

· 먼저 양손을 펴서 엄지손가락부터 구부려 하나부터 열까지 세도록 한다.

· 그다음에 엄지를 둘 다 구부리고 둘째 손가락부터 시작하여 열까지 센다.

- 이번에는 왼손의 엄지손가락을 0으로 생각하여 구부리고 오른손을 정상대로 엄지부터, 왼손은 둘째 손가락부터 시작하여 양손이 다르게 시작하여 하나부터 열까지 틀리지 않고 세게 한다.
- 다 같이 둘씩 마주 보면서 시합을 하고 잘한 사람을 뽑아 시범을 보이게 하고 상을 줄 수도 있다.

진행멘트

- 안녕하세요. 오늘은 여러분들에게 순발력이 어느 정도인가를 테스트해 볼까요.
- 먼저 양손을 펴서 엄지손가락부터 구부려 하나부터 열까지 세보도록 해보지요.
- 역시 잘하시네요. 그럼 이번에는 엄지를 둘 다 구부리고 둘째 손가락부터 시작하여 열까지 셉니다.
- 이것도 잘하시는군요. 그럼 이번에는 왼손의 엄지손가락을 0으로 생각하여 구부리고 오른손은 정상대로 엄지부터, 왼손은 둘째 손가락부터 시작하여 양손이 다르게 시작하여 하나부터 열까지 세어보도록 하지요.
- 잘 안되시지요. 그럼 옆에 있는 분과 마주 보면서 시합을 하고 잘한 사람을 뽑아 시범을 보이게 하고 상을 주도록 하겠습니다.

10. 두들기며 쓸기

소요 시간	2~3분	적용 시기	도입
대상	초등학생~성인	준비물	없음
장소	실내, 실외	인원	2명

목적

· 경직된 분위기를 해소할 수 있다.

· 신체 활동을 통하여 근육을 이완시킨다.

· 금방 분위기를 친숙하게 할 때 사용한다.

주의점

· 잘못하면 소란스러워 질 수 있으므로 강사의 말에 따르도록 해야 한다.

· 오랫동안 진행하면 통제를 하기 어려워지므로 5회 정도만 하는 것이 좋다.

· 우선 진행자가 능숙해야 한다.

진행방법

· 진행방법에 대하여 설명해 준다.

· 먼저 양손으로 교대하여 자기 무릎을 안마하도록 한다.

· 이번에는 양손을 펴서 무릎을 앞뒤로 쓰다듬도록 한다.

· 다음에는 왼손으로 안마를 하고 오른손으로 쓰다듬도록 한다.

· 익숙해지면 손을 바꿔 반대로 하도록 한다.

- 위치를 바꾸어 이마, 배 등으로 전환할 수도 있다.
- 숙달이 되면 노래를 불러 가면서 할 수도 있다.

진행멘트

- 안녕하세요. 오늘은 여러분들에게 순발력이 어느 정도인가를 테스트해 볼까요.
- 먼저 양손으로 들어서 교대하여 자기 무릎을 안마해 보세요. 시원하지요.
- 이번에는 양손을 펴서 무릎을 앞뒤로 마사지하듯이 쓰다듬어 보세요.
- 자 이제 조금 난이도 있는 것을 해 볼까요? 이번에는 왼손으로 안마를 하고 오른손으로 쓰다듬도록 해 보세요. 잘 안되지요?
- 자! 이제 어느 정도 익숙한 거 같은데 손을 반대로 바꾸어서 하도록 하겠습니다.
- 위치를 바꾸어 이마, 배 등으로 전환할 수도 있다.
- 숙달이 되면 노래를 불러 가면서 할 수도 있다.

11. 사회자 박수

소요 시간	2~3분	적용 시기	도입
대상	초등학생~성인	준비물	없음
장소	실내, 실외	인원	2명

목적

- 경직된 분위기를 해소할 수 있다.

· 뇌의 활동을 활성화시킨다.

· 청중의 집중을 유도할 수 있다.

주의점

· 잘못하면 소란스러워 질 수 있으므로 강사의 말에 따르도록 해야 한
 다.

· 오랫동안 진행하면 통제를 하기 어려워지므로 5회 정도만 하는 것이
 좋다.

· 우선 진행자가 능숙해야 한다.

진행방법

· 진행방법에 대하여 설명해 준다.

· 강사가 하는 말 중에 '강사'하면 손뼉 1회, '여러분'하면 손뼉 2회, '감
 사합니다'라고 하면 연타박수를 치게 한다.

· 청중들이 박수를 많이 치도록 미리 문구를 만들어 강의한다.

진행멘트

· 안녕하세요. 오늘은 여러분들에게 순발력이 어느 정도인가를 테스
 트해 볼까요.

· 제가 하는 말 중에 '강사'란 단어가 들어 있으면 손뼉 1회, '여러분'이
 란 단어가 들어 있으면 손뼉 2회, '감사합니다'란 단어가 들어 있으면
 연타박수를 쳐 주십시오.

· 저는 강사(박수) ○○○입니다. 여러분(박수)을 만나 감사합니

다. (연타박수)

· 잘하시는군요. 그럼 이제 조금 깁니다. 잘 듣고 박수를 쳐 보세요.

· 오늘 이렇게 좋은 날 여러분(박수)을 만나 뵙게 되어 본 사회자(박수)는 무한한 영광으로 생각합니다. 정말 여러분(박수) 이 자리에 잘 오셨습니다. 본 사회자(박수)의 이름은 ○○○라 하며, 본 사회자(박수)가 여러분(박수)들의 성함을 일일이 기억해야… 오늘 프로그램은 1부… 이렇게 진행되기에 본 사회자(박수)가 여러분(박수)들께 알려 드리며 두서없이 말만 많이 한 것 같습니다. 정말 본 사회자(박수)는 여러분(박수) 앞에 재미있게 진행할 것을 약속드립니다. 감사합니다(연타박수).

12. 다 같이

소요 시간	2~3분	적용 시기	도입
대상	초등학생~성인	준비물	없음
장소	실내, 실외	인원	2명

목적

· 경직된 분위기를 해소할 수 있다.

· 신체 활동을 통하여 근육을 이완시킨다.

· 평소에 사용하지 않는 동작을 유도하여 웃음과 즐거움을 주는 게임이다.

주의점

· 진행하는 데 있어 틀리도록 유도하는 부분까지는 쉬지 말고 진행한다.

- 틀린 사람을 구체적으로 지적하지 말고 틀린 사람의 표정이나, 행동에 대하여 재미있는 멘트를 꼭 하고, 두세 번 실시한 후 2파트로 나누어서 해도 괜찮다.
- 조금 지루해지는 듯하면 재빨리 다음 단계로 넘어가야 한다.

진행방법

- 옛날에 자주 하던 '가라사대' 게임과 같으나 색다르게 하기 위하여 '가라사대'를 '다 같이'라는 말로 바꾸어 실시한다.
- '다 같이'라는 말이 붙으면 행동을 따라서 하고 '다 같이'라는 말이 없으면 행동을 따라서 하면 안 된다.
- 처음에는 박수 치는 것으로 '다 같이'를 적용한다. 익숙해지면 같은 방법으로 여러 가지 동작을 응용해서 해본다.

진행멘트

- 안녕하세요. 오늘은 여러분들에게 순발력이 어느 정도인가를 테스트해 볼까요.
- 제가 하는 말 중에 '다 같이'란 단어가 들어 있으면 따라 하고 '다 같이'란 단어가 없으면 따라 해서는 안 됩니다.
- 다 같이 박수 세 번 시작, 다 같이 박수 두 번 시작, 박수 한 번 시작.
- 네, 아직 개념을 잘 모르시는 분이 있군요. 다 같이를 하지 않았는데도 박수를 치시는군요.
- 다시 한 번 해보겠습니다. 다 같이 박수 세 번 시작, 박수 두 번 시작, 다 같이 박수 한 번 시작.

- 잘하시는군요. 그럼 이번에는 손을 이용한 '다 같이'를 해 보겠습니다. 다 같이 왼손 올리고, 오른손도 올리고.
- 네 정말 잘하십니다. 그럼 이번에는 섞어서 해 보지요. 다 같이 오른손도 올리고, 박수 한 번 시작, 다 같이 양손 내리고, 다 같이 올리고, 다 같이 내리고, 올리고
- 하하! 좀 잘해보세요.
- 마지막으로 지금까지 틀리지 않으신 분에게 선물을 드립니다. 앞으로 나와주세요.
- 제가 '다 같이'는 말을 하지 않으셨는데 나오셨군요.

13. 안마게임

소요 시간	2~3분	적용 시기	도입
대상	초등학생~성인	준비물	없음
장소	실내, 실외	인원	2명

목적
- 경직된 분위기를 해소할 수 있다.
- 신체 활동을 통하여 근육을 이완시킨다.
- 주변 사람들과 친밀해질 수 있다.

주의점
- 안마게임은 도입 과정에서 뿐만 아니라 전개 과정에서도 사용할 수 있다.

· 가급적 템포 빠른 음악을 배경음악으로 사용하면 더욱 좋다.
· 신체접촉을 하는 강의이므로 이성 간에는 주의한다.

진행방법
· 진행방법에 대하여 설명해 준다.
· 강사의 지시에 따라 앞사람의 어깨를 안마하도록 한다.
· 대상들이 주무르기를 하는 동안 음악에 맞춰 박자를 세어 주면 좋다.
· 앞사람이 끝나면 좌우의 옆 사람에게도 실시하도록 한다.

진행멘트
· 안녕하세요. 연일 계속되는 강의에 많이 피곤하시지요. 제가 여러분
  들의 피곤을 확 달아나도록 해드리겠습니다.
· 먼저 앞사람의 어깨 위에 양손을 올리고 음악과 함께 주물러주기를
  시작합니다.
· 다 같이 주무르기 시작 하나, 둘, 셋, 넷, 둘, 둘, 셋, 넷, 셋, 둘, 셋, 넷,
  넷, 둘, 셋, 넷
· 시원하시지요. 이제는 오른쪽에 앉아 있는 분의 어깨를 주먹으로 살
  살 두들겨 주기를 하겠습니다. 오른쪽 분들의 어깨 위로 손을 올려
  주세요.
· 다 같이 안마 시작 하나, 둘, 셋, 넷, 둘, 둘, 셋, 넷, 셋, 둘, 셋, 넷, 넷,
  둘, 셋, 넷
· 시원하시지요. 그럼 이번에는 왼쪽에 앉아 있는 분의 겨드랑이를 간
  지럼 태워주기를 하겠습니다. 왼쪽 분들의 겨드랑이로 손을 넣어 주

세요.

· 다 같이 간질이기 시작 하나, 둘, 셋, 넷, 둘, 둘, 셋, 넷, 셋, 둘, 셋, 넷,
  넷, 둘, 셋, 넷

14. 손으로 물결 타기

소요 시간	2~3분	적용 시기	도입
대상	초등학생~성인	준비물	없음
장소	실내, 실외	인원	2명

목적

· 경직된 분위기를 해소할 수 있다.

· 신체 활동을 통하여 근육을 이완시킨다.

· 평소에 사용하지 않는 동작을 유도하여 웃음과 즐거움을 주는 게임이다.

주의점

· 강사가 충분히 숙달해야 한다.

· 진행하면서 손가락의 둔한 모습과 대상의 재미있는 표정을 확인하
  면서 멘트를 해주면 학습자들이 즐거워한다.

· 개인의 인격을 모독하는 일을 해서는 안 된다.

· 너무 성급하게 진행하면 재미없다.

진행방법

· 진행방법에 대하여 설명해 준다.

· 강사의 구령에 따라 양손의 엄지손가락을 펴도록 한다.

· 강사의 구령에 따라 양손의 새끼손가락을 펴도록 한다.

· 익숙해지면 왼손은 엄지손가락을 펴고, 동시에 오른손은 새끼손가락을 펴게 한다.

· 다음은 왼손 엄지는 접고 새끼손가락을 펴고, 동시에 오른손은 엄지를 펴고 새끼손가락을 접게 한다.

· 여러 학습자의 모습들을 충분히 이야기하면서 진행한다. 어느 정도 숙달되면 구령을 점점 빨리 붙인다.

진행멘트

· 안녕하세요. 연일 계속되는 강의에 많이 피곤하시지요. 제가 여러분들의 집중력을 높여 드리겠습니다.

· 손바닥을 펴서 거울이라 생각하고 웃어 보세요.

· 그 상태에서 그대로 주먹을 쥡니다.

· 하나 하면 왼손은 엄지손가락을 펴고, 동시에 오른손도 엄지손가락을 펍니다. 둘 하면 왼손 엄지는 접고 새끼손가락을 펴고, 동시에 오른손도 엄지는 접고 새끼손가락을 펍니다.

· 잘하시는군요. 여기까지는 누구나 잘합니다. 그럼 이번부터는 고난이도 동작을 해보겠습니다.

· 하나 하면 왼손은 엄지손가락을 펴고, 동시에 오른손은 새끼손가락을 펍니다. 둘 하면 왼손 엄지는 접고 새끼손가락을 펴고, 동시에 오른손은 엄지를 펴고 새끼손가락을 접습니다,

· 같이 해보겠습니다. '하나', '둘' 잘 안되시지요. 우리 몸도 본인 마음

대로 안 되는데 세상이 마음대로 되겠습니까?

· 같은 동작을 연속 2회로 해서 4단계로 하겠습니다. '하나', '둘', '셋', '넷' 역시 잘하시는군요.

· 그럼 이번에는 제가 '하나, 둘, 셋, 넷'이란 구령이 나오면 '얍'이라는 기합과 함께하겠습니다.

15. 손으로 자전거 타기

소요 시간	2~3분	적용 시기	도입
대상	초등학생~성인	준비물	없음
장소	실내, 실외	인원	2명

목적

· 경직된 분위기를 해소할 수 있다.

· 신체 활동을 통하여 근육을 이완시킨다.

· 평소에 사용하지 않는 동작을 유도하여 웃음과 즐거움을 주는 게임이다.

주의점

· 리더가 충분히 게임을 숙지해야 한다.

· 진행하면서 손가락의 둔한 모습과 대상의 재미있는 표정을 확인하면서 멘트를 해주면 학습자들이 즐거워한다.

· 개인의 인격을 모독하는 일을 해서는 안 된다.

진행방법

· 오른팔에 신경을 쓰면 왼손이 오른팔을 따라오고, 왼팔에다 신경을
  쓰면 오른팔이 따라오게 되는데 이때 여러 가지 형태로 재미있게 나
  타나는 모습을 멘트로 연결한다.

· 너무 성급하게 진행하면 재미없다. 여러 학습자의 모습들을 충분
  히 이야기하면서 진행한다. 어느 정도 숙달되면 구령을 점점 빨리
  붙인다.

진행멘트

· 두 팔을 벌려보세요.

· 벌린 두 팔을 반을 접습니다.

· 자, 우리 같이 물레를 돌리듯 오른팔과 왼팔을 이용하여 안에서 밖으
  로 앞쪽을 향해서 돌립니다.

· 이제 어느 정도 연습이 되었으면 오른팔을 안에서 밖으로 돌리면서
  왼팔은 밖에서 안으로 돌려봅시다. 잘 안되시지요.

· 제가 하나 하면 오른팔을 안에서 밖으로 돌리면서 왼팔은 밖에서 안
  으로 돌려봅시다.

· 제가 둘 하면 오른팔을 밖에서 안으로 돌리면서 왼팔은 안에서 밖으
  로 돌려봅시다.

· 같이 해보겠습니다. '하나', '둘' 잘하시는군요.

· 그럼 이번부터는 같은 동작을 연속 2회로 해서 4단계로 하겠습니다.
  '하나', '둘', '셋', '넷' 역시 잘하시는군요.

· 그럼 이번에는 제가 '하나, 둘, 셋, 넷'이란 구령이 나오면 '얍'이라는

기합과 함께하겠습니다.

16. 우리의 소원 성공

소요 시간	2~3분	적용 시기	도입
대상	초등학생~성인	준비물	팀당 신문지 1장, 참가자 펜 1개
장소	실내, 실외	인원	팀당 2명

목적

· 경직된 분위기를 해소할 수 있다.

· 신체 활동을 통하여 근육을 이완시킨다.

· 서로 협동하여 즐거운 강의를 만들어 가도록 한다.

· 금방 분위기를 친숙하게 할 때 사용한다.

주의점

· 잘못하면 소란스러워 질 수 있으므로 강사의 말에 따르도록 해야 한다.

· 우선 진행자가 정확히 알아야 한다.

진행방법

· 진행방법에 대하여 설명해 준다.

· 일간지 등 신문지를 이용하여 사회자가 지정하는 글자를 신문지 안에서 팀이 합심하여 찾아내어 먼저 찾는 팀이 승리하도록 하는 강의

법이다.

· 각 팀에게 신문지 한 장을 나누어 준다.

· 신문지에서 찾을 단어를 알려 준다.

· 찾은 글자에 동그라미로 표시한다.

· 찾은 팀은 '빙고'라고 함께 크게 소리하며 앞으로 가지고 나오게 한다.

· 확인 후 먼저 찾은 순서대로 점수를 100점, 80점, 60점······ 순으로 준다.

· 같은 방법으로 주제로 삼을 수 있는 몇 가지 문구를 찾도록 한다.

진행멘트

· 안녕하세요. 오늘은 여러분들에게 팀워크가 어느 정도 되는지를 테스트해 볼까요.

· 각 팀장은 앞으로 나오셔서 신문지 한 장을 받아 가시기 바랍니다.

· 신문지를 다 받으셨으면 제가 지시하는 단어를 팀 전원이 협력하여 찾으세요. 찾은 글자에 동그라미로 표시하세요. 가장 먼저 찾는 팀은 '빙고'하고 외치고 대표가 앞으로 가지고 나오세요.

· 자! 먼저 무엇을 찾는 게 좋을까요. 무엇보다 먼저 주제를 찾는 것이 좋겠지요. 이번 주제가 무엇이지요. 아! 그래요. '우리의 소원 성공' 이지요. 힘껏 우리 한목소리로 외치고 찾아보세요. '우리의 소원 성공' 성공이 눈앞에 보이는 것 같지요.

· 그럼 지금부터 협력하여 찾아보세요. 서로 힘을 모으면 더욱 빨리 찾을 수 있을 거예요.

· '빙고!' 소망팀이 벌써 찾으셨군요. 가지고 나오세요. '우리의 소원 성

공' 아! 찾으셨군요. 감사합니다. 100점을 드리겠습니다. 소망팀이 출발이 좋군요. '빙고!' 사랑팀 앞으로 가지고 나오세요. '우리의 소원 성공' 감사합니다. 80점을 드리겠습니다…….

· 끝까지 참여해 주신 팀을 위해 힘껏 박수쳐 주시기를 바랍니다.

17. 내 자랑 10가지 하기

소요 시간	2~3분	적용 시기	도입
대상	초등학생~성인	준비물	없음
장소	실내, 실외	인원	2명

목적

· 경직된 분위기를 해소할 수 있다.

· 자신의 잠재력을 찾아 자신감을 갖게 한다.

· 분위기가 무거울 때 사용한다.

주의점

· 허구가 아니라 되도록 사실에 대한 장점을 이야기하도록 한다.

· 남의 이야기에 대하여 비난하지 않도록 한다.

· 마구 이야기를 하라고 보채지 않는다.

진행방법

· 진행방법에 대하여 설명해 준다.

· 자신의 장점을 찾아서 여러 사람들 앞에서 발표하게 하여 자신의 장

점을 발견하도록 한다.

· 다른 사람들은 발표한 사람의 이야기를 듣고 칭찬하도록 한다.

진행멘트

· 안녕하세요. 오늘은 여러분들의 장점이 얼마나 많은가를 이야기해 볼까요.

· 제가 선택하는 분은 일어나서 자신의 장점 10가지를 말씀해 주십시오.

· 자! 그럼 맨 앞에 앉으신 우리 선생님 일어나서서 장점 10가지를 말 씀해 주십시오.

· 선생님께서는 자신의 장점으로 열정, 창의성, 희망, 자신감 등을 이 야기해 주셨습니다. 자신감 있게 발표해 주신 이 선생님께 힘껏 박 수쳐 주시기를 바랍니다.

18. 빈칸 채우기

소요 시간	2~3분	적용 시기	도입
대상	초등학생~성인	준비물	없음
장소	실내, 실외	인원	2명

목적

· 학습자들에게 궁금증을 자아내어 주의 집중하도록 한다.

· 창의력을 증진시킨다.

· 청중들에게 궁금증과 창의적인 생각을 가지게 한다.

주의점

· 강사가 충분히 게임을 숙지해야 한다.

· 빈칸에 어울리는 말을 찾아내기 위해 청중들은 남들보다 독특한 발상을 하도록 지도한다.

· 생각하지 않는 청중들에게는 강의를 하고 효과를 기대하기는 어렵기 때문에 청중들에게 많은 생각을 하도록 유도한다.

· 연령에 따라서 내는 문제가 달라져야 한다.

· 못한다고 지적하거나 개인의 인격을 모독하는 일을 해서는 안 된다.

진행방법

· 진행방법에 대하여 설명해 준다.

· 가상의 상황을 설정하고 그러한 경우를 당하면 어떻게 할 것인지를 학습자들에게 답하도록 한다.

· 문제는 특이하고 당황스러운 상황을 설정해 준 뒤 빈칸을 채우도록 한다.

· 특히 '이럴 때 나는 OOO라고 말한다'처럼 구체적으로 설정해주면 더 재미있게 할 수 있다.

· 학습자들에게 적당한 경쟁심을 유발하여 다른 사람들보다 더 독특한 단어를 넣으려고 하는 창의적인 생각은 물론이고 빨리 말하도록 하는 경쟁심까지 갖추게 한다.

진행멘트

· 안녕하세요. 여러분들의 번뜩이는 창의력을 자랑하는 시간을 가져

보도록 합시다.
· 여러분 우리 한번 가상의 상황을 가정해 봅시다. 가상의 상황에 대하여 여러분들은 어떻게 할지를 답변하면 됩니다.
· 아동 : 거짓말을 했는데 엄마가 알아차렸다고 가정해 봅시다.
  청소년 : 갑자기 화장실을 가서 볼일을 다 보았는데 휴지가 없다고 가정해 봅시다.
  대학생 : 나는 남자친구(여자)와 집 앞에서 뽀뽀를 하다가 엄마를 만났다고 가정해 봅시다.
  성인 : 친구를 초대해 식당에서 밥을 사주고 나오다 계산하려니 지갑이 없어졌다고 가정해 봅시다.
· 이럴 때 나는( )한다. 라고 할 때 무어라고 하면 가장 좋을까요?
· 네. 김 선생님의 답변은 정말 번뜩이는 창의력이 있군요.

19. 과거로 돌아가기

소요 시간	2~3분	적용 시기	도입
대상	초등학생~성인	준비물	없음
장소	실내, 실외	인원	2명

목적

· 청중들에게 자신의 꿈을 다시 생각하도록 만든다.
· 꿈은 청중들에게 학습 의지를 불러일으킨다.
· 이 방법은 청중들에게 꿈을 생각하도록 만드는 것을 목적으로 한다.

주의점

· 강사가 충분히 게임을 숙지해야 한다.

· 생각하지 않는 청중들에게는 강의를 하고 효과를 기대하기는 어렵기 때문에 청중들에게 많은 생각을 하도록 유도한다.

· 다른 사람의 답변을 듣고 자신이 답변할 내용을 정리하도록 한다.

· 못한다고 지적하거나 개인의 인격을 모독하는 일을 해서는 안 된다.

진행방법

· 강의진행방법에 대하여 설명해 준다.

· 청중들에게 과거의 한 시점으로 돌아간다면 무엇을 하고 싶은가를 묻는다.

· 잠시 생각할 기회를 주고 몇 사람을 지적하여 물어본다.

· 지적받은 학습자가 답변을 하는 동안 자신도 생각할 수 있도록 만든다.

· 학습자를 선정하여 답변을 듣는다.

· 학습자들의 답변을 듣고 그 꿈을 실현했는가를 묻거나 실현하지 못했다면 실현을 당부한다.

진행멘트

· 안녕하세요. 여러분들의 잃어버린 꿈을 다시 생각하는 시간을 가져 보도록 합시다.

· 여러분 우리 한번 과거의 상황으로 돌아갔다고 가정해 봅시다. 가상의 상황에 여러분들은 어떻게 할지를 답변하면 됩니다.

· 여러분들이 만약 17살로 다시 돌아간다면 무엇을 하고 싶으십니까?

· 그럼 생각할 기회를 1분간 드리겠습니다.

· 1분이 지났습니다. 충분한 생각을 하셨을 거라는 생각이 듭니다.

· 그럼 이줄 맨 마지막에 계신 멋있는 선생님 말씀해 보시지요.

· 선생님은 지금 그 꿈을 실현하셨나요? 실현하지 않았다면 다시 도전해 보실 의향은 없는지요?

20. 삼행시 짓기

소요 시간	2~3분	적용 시기	도입
대상	초등학생~성인	준비물	없음
장소	실내, 실외	인원	2명

목적

· 순간의 재치를 발휘하고자 할 때 사용한다.

· 삼행시를 짓는 사람의 마음을 읽고자 할 때 사용한다.

· 청중들의 마음을 읽고 강의의 방향을 밝게 이끌어 갈 때 사용한다.

주의점

· 강사가 충분히 게임을 숙지해야 한다.

· 생각하지 않는 청중들에게는 강의를 하고 효과를 기대하기는 어렵기 때문에 청중들에게 많은 생각을 하도록 유도한다.

· 다른 사람의 삼행시를 듣고 자신이 답변할 내용을 정리하도록 한다.

· 못한다고 지적하거나 개인의 인격을 모독하는 일을 해서는 안 된다.

진행방법

· 청중들은 삼행시로 자신의 생각을 나타낸다. 자신의 이름으로 짓는
  삼행시는 다른 사람들에게 자신을 알리는 기회로 삼을 수 있다.
· 학습자들에게 강사가 제시하는 가상의 단어나 학습자의 이름으로 삼
  행시를 지어 보라고 말한 후 생각할 수 있는 1분간의 시간을 준다.
· 그런 후 자신이 지은 삼행시를 발표하도록 한다.

진행멘트

· 안녕하세요. 여러분들의 재치가 빛나는 삼행시를 지어 보는 시간을
  가져보도록 합시다.
· 여러분 제가 제시하는 가상의 단어를 가지고 삼행시를 지어서 가장
  빨리 만드신 분이 발표해 주시기를 바랍니다.
· 삼행시의 주제는 저의 이름인 '전도근'으로 하겠습니다.
· 그럼 생각할 기회를 1분간 드리겠습니다.
· 1분이 지났습니다. 충분한 생각을 하셨을 거라는 생각이 듭니다.
· 그럼 이줄 맨 마지막에 계신 멋있는 선생님 말씀해 보시지요.
· 전도가 양양한 사람은 도전을 좋아한다, 근데 그것은 준비된 사람만
  이 할 수 있다.
· 네. 참 재미있게 지었군요. 다른 분은 또 어떻게 지으셨나요?

21. 퀴즈 내기

소요 시간	2~3분	적용 시기	도입
대상	초등학생~성인	준비물	없음
장소	실내, 실외	인원	2명

목적

· 학습자들이 강의에 집중하도록 만든다.

· 사람들은 퀴즈를 통해 생각을 하기 시작하고 강사에게 집중한다.

· 순간의 재치를 발휘하고자 할 때 사용한다.

주의점

· 강사가 충분히 게임을 숙지해야 한다.

· 생각하지 않는 청중들에게는 강의를 하고 효과를 기대하기는 어렵기 때문에 청중들에게 많은 생각을 하도록 유도한다.

· 못한다고 지적하거나 개인의 인격을 모독하는 일을 해서는 안 된다.

진행방법

· 학습자들에게 상식, 연예, 수수께끼 등의 분야를 제시하여 먼저 선택하도록 한다.

· 퀴즈를 낸다.

· 빨리 맞추는 사람에게 보상을 하여 다른 사람들과 경쟁하게 한다.

· 이 강의는 몇 개의 팀을 나누어 경쟁하도록 하면 더 재미있다. 이긴 팀은 보상을 받도록 하면 더욱 흥미를 갖고 참여한다.

· 안녕하세요. 여러분들의 재치가 빛나는 퀴즈 시간을 가져보도록 합시다.
· 여러분들이 좋아하는 분야는 상식, 연예, 수수께끼 등 어느 분야가 좋은지 선택해보시지요.
· 네, 여러분들은 역사 분야를 선택하였습니다.
· 그럼 지금부터 퀴즈를 내도록 하겠습니다.
· 강감찬 장군이 전쟁을 승리로 이끈 전투는 무엇인가요?
· 알아맞혀 보십시오.

22. 관심집중 게임

소요 시간	2~3분	적용 시기	도입
대상	초등학생~성인	준비물	없음
장소	실내, 실외	인원	2명

목적

· 청중들이 강의에 집중하도록 만든다.
· 진행자에게 대상들이 집중할 수 있게 하는 게임이다.

주의점

· 강사가 충분히 게임을 숙지해야 한다.
· 진행하면서 손가락의 둔한 모습과 대상의 재미있는 표정을 캐취해서 멘트를 해 주는 것이 관건이다.

· 개인의 인격을 모독하는 일을 해서는 안 된다.

진행방법

· 진행방법에 대하여 설명해 준다.
· 강사는 학습자들에게 양 주먹을 쥐고 왼손은 쪽 펴서 손바닥을 펴고, 오른손은 주먹을 쥐고 있는 가슴에 갖다 대어 보게 한다.
· '하나', '둘'이라는 구령을 하여 손의 위치를 빠르게 바꾸게 한다.
· 숙달되면 점점 구령을 빠르게 한다.
· 숙달되면 이번엔 반대로 가슴엔 손바닥, 쭉 뻗은 손은 주먹으로 하게 한다.
· 마찬가지로 '하나', '둘'이라는 구령을 하여 손의 위치를 빠르게 바꾸게 한다.
· 숙달되면 점점 구령을 빠르게 한다.
· 난이도를 높이기 위해서는 '하나', '둘', '셋', '넷' 구령 이후에 4번째는 학습자들에게 '얍' 소리를 내도록 한다.

진행멘트

· 안녕하세요. 이번에는 여러분들의 순발력이 어느 정도 되는지를 측정해보도록 하지요.
· 먼저 양 주먹을 쥐고 왼손은 쭉 펴서 손바닥을 펴고, 오른손은 주먹을 쥐고 가슴에 갖다 대어 보세요.
· 제가 '하나', '둘'이리는 구령을 하면 여러분들은 손의 위치를 빠르게 바꾸어 보세요.

- 잘하시는군요.
- 그럼 이번에는 조금 더 어려운 것으로 하겠습니다.
- 이번에는 지금과 반대로 오른손은 가슴에 손바닥을 펴서 대고, 왼손은 쭉 뻗은 채로 주먹을 쥐어보세요.
- 마찬가지로 '하나', '둘'이라는 구령을 하면 여러분들은 손의 위치를 빠르게 바꾸어 보세요.

23. 스무고개

소요 시간	2~3분	적용 시기	도입
대상	초등학생~성인	준비물	포스트잇, 펜
장소	실내, 실외	인원	팀당 2명

목적

- 경직된 분위기를 해소할 수 있다.
- 학습자들이 마음의 문을 열고 강의를 통하여 무엇인가를 배워야겠다는 동기와 흥미를 유발시킨다.
- 어색한 강의실 분위기를 게임을 통하여 화기애애하고 활기찬 분위기로 바꿀 수 있게 된다.

주의점

- 잘못하면 소란스러워 질 수 있으므로 강사의 말에 따르도록 해야 한다.
- 내용을 알려주지 말고 오직 질문에 의하여 문제를 해결하도록 한다.

· 오랫동안 진행하면 통제를 하기 어려워지므로 5회 정도만 하는 것이 좋다.

진행방법

· 진행방법에 대하여 설명해 준다.
· 두 사람씩 짝을 지어 문제 출제자와 답변자로 나눈다.
· 문제 출제자에게 포스트잇을 나누어 주고 종이에 유명한 사람의 이름이나 관광명소를 적게 하고 답변자의 등에 그 종이를 붙인다.
· 강사는 문제 출제자 전체에게 절대로 내용을 알려주지 말고 오직 질문에 의하여 문제를 해결하도록 한다.
· 답변자는 문제 출제자에게 질문을 하고 '예, 아니요'로만 대답을 들으며 등 뒤에 붙어 있는 종이에 적혀 있는 것이 무엇인지를 추측하게 한다.

진행멘트

· 안녕하세요. 오늘은 여러분들에게 재치가 얼마나 빠른지를 알아보도록 하지요.
· 홀수, 짝수로 나누어 한 조가 됩니다.
· 왼쪽에 있는 분이 문제 출제자가 되고 오른쪽에 있는 분이 답변자가 됩니다.
· 문제 출제자는 앞으로 나와서 포스트잇을 한 장씩 받아 가세요.
· 포스트잇에 유명한 사람의 이름이나 관광명소를 적으시고 답변자의 등에 그 종이를 붙이세요.

· 문제 출제자께서는 절대로 내용을 알려주지 말고 답변자는 오직 질문에 의해서만 문제를 해결하세요.

· 가장 빠르게 맞춘 팀에게 상품이 준비되어 있습니다. 자! 시작해 보세요.

24. 토론하기

소요 시간	2~3분	적용 시기	도입
대상	초등학생~성인	준비물	없음
장소	실내, 실외	인원	2명

목적

· 강의 시작 전이나 강의 중 분위기가 처져 있을 경우에 최근에 부각되고 있는 연예나 드라마에 대해 간단히 토론을 함으로써 학습자에게 흥미를 유발시킨다.

· 학습자의 토론 능력이나 자세를 배양할 수 있는 것을 목표로 한다.

주의점

· 잘못하면 소란스러워 질 수 있으므로 강사의 말에 따르도록 해야 한다.

· 오랫동안 진행하면 통제를 하기 어려워지므로 5회 정도만 하는 것이 좋다.

· 가벼운 주제로 잡아야 하며, 토론이 심각한 방향으로 가지 않게 해야 한다.

진행방법

· 진행방법에 대하여 설명해 준다.

· 강사는 강의 시작 전이나 강의 도중에 최근에 부각되고 있는 연예나 드라마에 대해 주제를 던져 주고, 이를 학습자들이 나름대로 생각하고 있는 바를 간단히 말할 수 있는 기회를 준다.

· 관심 분야가 같은 학습자들이 같이 토론할 수 있는 시간을 줌으로써 잠시나마 강의 중 지루한 분위기를 없앤다.

· 다 같이 공감할 수 있는 주제를 말함으로 해서 분위기를 집중시킬 수 있는 효과적인 방법이다.

진행멘트

· 안녕하세요. 여러분들이 지속되는 강의로 인하여 심신이 매우 불편한 것 같군요.

· 요즘 잘나가는 연예인 중에서 OOO라고 있지요. 그분이 요즘 뭘 하고 있는지 아십니까?

· 네, A 선생님 말씀해 보세요. 네. 저도 잘 몰랐던 일인데 그분이 그런 사업도 하셨군요.

· 네, B 선생님 말씀해 보세요. 네. 그건 저도 아는데 그분이 고아원을 20여 곳이나 지원하고 있다고 하더군요. 아마도 인기의 비결이 그런 선행을 쌓아서 그렇게 된 것이 아닌가 생각합니다.

25. 파트너 소개하기

소요 시간	2~3분	적용 시기	도입
대상	초등학생~성인	준비물	없음
장소	실내, 실외	인원	2명

목적

· 상대방을 표현하는 능력을 기른다.

· 상대방의 이야기를 경청하고 배려하는 마음을 갖는다.

· 어색한 분위기를 해소하고 친근감을 갖게 한다.

· 여러 사람 앞에서 발표력을 키울 수 있다.

주의점

· 소개를 하다 기억이 나지 않으면 본인에게 다시 물어서 해도 좋다.

· 특별한 형식에 얽매이지 말고 자연스럽게 소개하도록 한다.

· 모든 사람이 들을 수 있도록 큰 소리로 소개한다.

· 한 사람의 소개가 끝날 때마다 다 같이 박수를 친다.

진행방법

· 진행방법에 대하여 설명해 준다.

· 강사는 학습자들에게 좌우로 2명씩 짝을 짓게 하여 서로에 대해 자연스럽게 이야기하도록 하고 서로 이야기하는 가운데 상대방의 성명, 나이, 취미, 기타사항을 알아보게 한다.

· 학습자를 지명하거나 돌아가면서 자신의 파트너를 여러 사람에게

소개하도록 한다.

· 사회자는 소개에 대하여 적절한 멘트로 관심과 반응을 보여준다.

진행멘트

· 안녕하세요. 여러분들이 이 자리에 처음 오시니까 너무 낯설지요? 그리고 주변 분들도 아직 잘 모르시지요.

· 그럼 지금부터 맨 왼쪽 줄을 중심으로 오른쪽에 있는 분과 인사와 악수를 해보세요.

· 상당히 마음에 드시는 분일 것입니다. 그럼 지금부터 1분 동안 상대방에 대하여 궁금한 것 예를 들면 성명, 나이, 취미, 기타사항을 물어보세요. 그리고 파트너를 소개하도록 하겠습니다. 시간은 1분을 드립니다. 많이 물어봐서 소개를 많이 하는 분에게는 선물을 드리도록 하지요.

· 자! 그럼 이제 상대방과 즐거운 대화를 나누는 시간으로 1분을 드리겠습니다.

· 많이들 대화를 나누셨지요. 그럼 돌아가면서 파트너에 대하여 소개를 해보도록 하겠습니다.

26. 몸으로 표현하기

소요 시간	2~3분	적용 시기	도입
대상	초등학생~성인	준비물	없음
장소	실내, 실외	인원	2명

목적

· 즐거운 분위기를 조성할 수 있다.

· 상대방의 기분을 파악할 수 있다.

· 어색한 분위기를 해소하고 친근감을 갖게 한다.

주의점

· 특별한 형식에 얽매이지 말고 자연스럽게 표현하도록 한다.

· 먼저 강사가 카드를 보고 감정을 표현하는 시범을 보여주어야 이해
  가 빠르다.

· 호출하려는 학습자는 적극성을 가진 사람을 지명하는 것이 좋다.

· 되도록 큰 행동으로 표현하게 한다.

· 한 사람의 발표가 끝날 때마다 다 같이 박수를 치게 한다.

진행방법

· 진행방법에 대하여 설명해 준다.

· 강사는 미리 아래의 글들이 쓰여 있는 카드를 준비한다.

  - 나는 당신이 사랑스러워

  - 나는 당신을 좋아해

  - 나는 당신이 보고 싶었어

  - 나는 당신이 어떻게 지내나 궁금했어

  - 나는 당신을 보면 화가 나

  - 나는 당신을 보면 너무 재미있어

  - 나는 소심해

- 나는 창피해

- 나는 당신이 바보라고 생각해

- 당신은 정말 잘났어

- 나는 당신이 미워졌어

· 학습자 한 명을 지정하여 강단으로 올라오게 한다. 또는 강사가 직접 하거나 둘씩 짝지어서 할 수 있다.

· 학습자들에게 강단에 올라온 사람이 하는 행동을 보고 어떤 감정인가를 표현해 보도록 한다. 가장 먼저 맞춘 사람에게는 칭찬이나 보상을 주면 좋다.

· 카드를 보여주고 학습자들에게 행동으로 표현하도록 한다.

· 학습자들 중에서 손을 들고 답을 발표하도록 한다.

진행멘트

· 안녕하세요. 살면서 자신의 감정을 얼마나 잘 표현하고 생각하십니까? 우리 같이 자신의 감정을 표현해 보도록 하지요. 그러면 다른 사람들은 어떻게 생각할까요?

· 제가 미리 사람의 감정에 관련된 카드를 준비해 왔습니다. 제가 호명한 분이 나와서 제가 드린 카드를 보고 다른 분들 앞에서 행동으로 그 카드의 내용을 표현하면 됩니다.

· 예를 들어 '나는 당신이 좋아'라는 카드를 받으면 이런 식으로 행동으로 표현을 하면 다른 분들이 알아맞히면 됩니다.

· 자 그럼 이제 제가 호명하는 '이 선생님' 강단으로 나와주시겠습니까?

· 여기 카드가 있습니다. 이 카드를 보시고 적힌 대로 감정을 몸으로

표현해 보세요.

· 여러분! 지금 이 분이 하고 있는 행동이 무엇을 표현하고 있는지 알 아맞혀 보세요.

27. 소중한 물건 소개하기

소요 시간	2~3분	적용 시기	도입
대상	초등학생~성인	준비물	없음
장소	실내, 실외	인원	2명

목적

· 즐거운 분위기를 조성할 수 있다.

· 상대방의 취향을 파악할 수 있다.

· 어색한 분위기를 해소하고 친근감을 갖게 한다.

주의점

· 강의가 시작되기 전에 자신이 소중하게 생각하는 물건을 가져오도 록 한다.

· 만약 가져오지 않았다면 그냥 말로 설명하도록 한다.

· 특별한 형식에 얽매이지 말고 어떤 사물이든지 자연스럽게 표현하 도록 한다.

· 먼저 강사가 물건을 보여주고 시범을 보이는 것이 좋다.

· 호출하려는 학습자는 적극성을 가진 사람을 선택하는 것이 좋다.

· 한 사람의 발표가 끝날 때마다 다 같이 박수를 치게 한다.

진행방법

· 진행방법에 대하여 설명해 준다.

· 자신이 가져온 소중한 물건을 한 사람씩 발표하도록 한다.

· 그들이 가져온 물건이 왜 그렇게 소중한지, 어디서 구했는지, 어떻게
  보관하는지, 왜 좋아하는지 등을 발표하게 한다.

· 만약 가져오지 않았다면 무엇인지 그냥 말로 설명하도록 한다.

진행멘트

· 안녕하세요. 오늘은 여러분들이 가장 아끼는 물건을 다른 분들에게
  소개하는 자리를 만들어 보겠습니다.

· 제가 아까 여러분들에게 가장 아끼는 물건을 하나씩 가져오라는 부
  탁을 드렸는데 가져오셨나요? 만약 준비를 못 했다면 그냥 말로하고
  물건이 왜 그렇게 소중한지, 어디서 구했는지, 어떻게 보관하는지,
  왜 좋아하는지 등을 발표하시면 됩니다.

· 그럼 시작해 보겠습니다.

· 자 그럼 이제 제가 호명하는 '이 선생님' 강단으로 나와주시겠습니까?

· 가져온 물건을 보여주시고 설명해 주세요.

28. 행동으로 하는 대답

소요 시간	2~3분	적용 시기	도입
대상	초등학생~성인	준비물	없음
장소	실내, 실외	인원	2명

목적

· 즐거운 분위기를 조성할 수 있다.

· 상대방의 취향을 파악할 수 있다.

· 어색한 분위기를 해소하고 친근감을 갖게 한다.

주의점

· 물어볼 문제를 미리 카드에 적어 준비한다.

· 사람들의 질문에 대한 결과를 중개해 주는 것이 좋다.

· 문제는 개인적으로 불편한 것은 하지 않는다.

· 손으로만 의사를 표현하도록 한다.

· 먼저 강사가 물건을 보여주고 시범을 보이는 것이 좋다.

진행방법

· 진행방법에 대하여 설명해 준다.

· 강사는 미리 물어볼 내용을 카드에 적어 온다. 물어볼 내용은 재미 있는 것으로 준비한다.

  - 짜장면을 좋아하시나요?

  - 당신은 성공하고 싶나요?

  - 영화를 볼 때 팝콘을 먹나요?

  - 비 올 때 걷는 것을 좋아하나요?

  - 야구를 좋아하나요?

  - 춤추는 것을 좋아하나요?

  - 줄 서서 기다리면 짜증이 나나요?

- 잠자는 것을 좋아하나요?

- 이쁜 미인이 오면 당신은 쳐다보시나요?

- 오늘 당신은 '사랑해'라는 말을 하신 적이 있나요?

- 자신이 적극적인 사람이라고 생각하시나요?

- 사람들이 당신을 친절한 사람이라고 말하나요?

- 당신은 유명 인사가 되는 꿈을 꾸신 적이 있나요?

· 개인적으로 한 명씩 선정해서 할 수도 있고 전체적으로 할 수도 있다.

· 질문에 대한 대답이 만약 '예'이면 엄지손가락을 세우고 대답이 '아니오'면 엄지손가락을 거꾸로 내리도록 하게 한다.

· 만약 답을 모르거나 질문을 이해하지 못할 때는 손을 ×자로 하게 한다.

진행멘트

· 안녕하세요. 오늘은 여러분들의 마음을 알아보는 자리를 만들어 보겠습니다.

· 제가 여러분들에게 질문을 하면 여러분들은 질문에 대한 대답이 만약 '예'이면 엄지손가락을 세우고 대답이 '아니오'면 엄지손가락을 거꾸로 내리면 됩니다. 만약 답을 모르거나 질문을 이해하지 못할 때는 손을 ×자로 표현하시면 됩니다.

· 그럼 시작해 보겠습니다.

29. 통일 전국 일주

소요 시간	2~3분	적용 시기	도입
대상	초등학생~성인	준비물	없음
장소	실내, 실외	인원	2명

목적

· 즐거운 분위기를 조성할 수 있다.

· 상대방의 취향을 파악할 수 있다.

· 어색한 분위기를 해소하고 친근감을 갖게 한다.

주의점

· 물어볼 문제를 미리 카드에 적어 준비한다.

· 다 같이 할 때는 리더가 '준비! 시작!'이라는 구령을 붙여준다.

· 허이! 소리는 크게 하도록 유도하고 4단계까지 했으면 4단계만 총연
 습을 한 다음 팀별로 시켜본다.

· 재미있게 하려면 팀장을 앞에 세워 구령을 붙이게 한다. 물론 팀장
 도 구령 후에 같이한다.

· 먼저 강사가 시범을 보이는 것이 좋다.

진행방법

· 진행방법에 대하여 설명해 준다.

· 왼쪽 어깨를 '한라산'이라고 칭하고 박수 두 번을 치고 왼쪽 어깨를
 오른손으로 가볍게 터치하면서 '앗싸!'라고 외치도록 한다.

- 코를 '금강산'이라 칭하고 박수 세 번을 치고 오른손으로 코를 가볍게 터치하면서 '앗싸!'라고 외치도록 한다.
- 머리를 '백두산'이라 칭하고 박수 네 번을 치고 오른손으로 머리를 가볍게 터치하면서 '앗싸!'라고 외치도록 한다.
- 처음에는 산 이름을 순서대로 해서 쉽게 따라 하도록 한다.
- 숙달되면 산 이름을 반대로 이야기 하거나 섞어서 하여 학습자들이 당황하게 만든다.

진행멘트

- 안녕하세요. 오늘은 여러분들의 순발력을 알아보겠습니다.
- 여러분들하고 약속을 몇 가지 하겠습니다.
- 첫째는 왼쪽 어깨를 '한라산'이라고 칭하고 '한라산'이라고 하면 박수 두 번을 치고 왼쪽 어깨를 오른손으로 가볍게 터치하면서 '앗싸!'라고 외치면 됩니다.
- 둘째는 코를 '금강산'이라 칭하고 '금강산'이라고 하면 박수 세 번을 치고 오른손으로 코를 가볍게 터치하면서 '앗싸!'라고 외치면 됩니다.
- 머리를 '백두산'이라 칭하고 '백두산'이라고 하면 박수 네 번을 치고 오른손으로 머리를 가볍게 터치하면서 '앗싸!'라고 외치도면 됩니다.
- 그럼 이제부터 조국이 통일되었다고 생각하면서 저와 여행을 떠나겠습니다.
- 배를 타고 '한라산'에 갔다가 비행기를 타고 '금강산'을 들렀다가 '백두산'까지 갔습니다.
- 잘하시는군요.

· 그럼 이번엔 거꾸로 해 볼까요?

· 저는 '백두산'을 다 구경하고 내려와 비행기를 타고 '금강산'에 갔다 가 다시 비행기를 타고 '한라산'까지 내려왔습니다.

· 그럼 이제는 섞어서 해 볼까요? '백두산'을 갔다가 '금강산'을 안 가려다 다시 '금강산'을 올라가고, '백두산'으로 돌아왔습니다.

30. 행운을 내 것으로

소요 시간	2~3분	적용 시기	도입
대상	초등학생~성인	준비물	없음
장소	실내, 실외	인원	2명

목적

· 즐거운 분위기를 조성할 수 있다.

· 상대방의 취향을 파악할 수 있다.

· 어색한 분위기를 해소하고 친근감을 갖게 한다.

주의점

· 물어볼 문제를 미리 카드에 적어 준비한다.

· 다 같이 할 때는 리더가 '준비!, 시작!'이라는 구령을 붙여준다.

· 허이! 소리는 크게 하도록 유도하고 4단계까지 했으면 4단계만 총연습을 한 다음 팀별로 시켜본다.

· 재미있게 하려면 팀장을 앞에 세워 구령을 붙이게 한다. 물론 팀장도 구령 후에 같이 한다.

· 먼저 강사가 시범을 보이는 것이 좋다.

진행방법

· 진행방법에 대하여 설명해 준다.
· 이 강의에 잘 따르면 여러분께 행운이 생긴다는 멘트를 멋지게 하고 나서 따라 하게 한다.
· 먼저 오른손 검지를 세우면서 '행운의 열쇠'라고 말하도록 유도한다.
· 왼손의 검지 끝과 엄지 끝을 붙여(0) 세우며 '행운의 고리'라고 말하도록 유도한다.
· 행운의 고리 즉, 왼손은 손바닥이 자신을 바라보도록 하고 왼쪽으로 세우고, 행운의 열쇠는 오른쪽을 향하도록 한 다음 행운의 열쇠는 자신의 오른쪽에 있는 사람의 행운의 고리에 끼우고 행운의 열쇠는 자신의 왼쪽 사람의 열쇠에 끼우도록 한다.
· 행운의 열쇠와 고리가 전부 연결된 상태에서 강사가 말하는 도중 '행운'이라는 말이 들어가면 각자 행운의 열쇠는 얼른 빼서 지키고 행운의 고리는 상대방의 열쇠를 꽉 잡도록 한다.
· 이렇게 해서 행운의 열쇠가 두 개인 사람, 한 개인 사람, 하나도 없는 사람이 생긴다.
· 열쇠가 두 개인 분은 올해 행운이 넘치고, 하나인 분은 올해 잘해야 본전이고 하나도 없는 분은 올해 조심하라고 멘트한다.

진행멘트

· 안녕하세요. 오늘은 여러분들께 행운을 드립니다. 저를 따라 해보

세요.
- 먼저 오른손 검지를 세우면서 '행운의 열쇠'라고 말해 보세요.
- 왼손의 검지 끝과 엄지 끝을 붙여(0) 세우며 '행운의 고리'라고 말해 보세요.
- 행운의 고리 즉, 왼손은 손바닥이 자신을 바라보도록 하고 왼쪽으로 세우고, 행운의 열쇠는 오른쪽을 향하도록 한 다음 행운의 열쇠는 자신의 오른쪽에 있는 사람의 행운의 고리에 끼우고 행운의 열쇠는 자신의 왼쪽 사람의 열쇠에 끼워 보세요.
- 다 연결되었나요?
- 이제 제가 말하는 도중에 '행운'이라고 외치면 여러분의 행운의 열쇠는 얼른 빼서 지키시고 행운의 고리는 상대방의 열쇠를 꽉 잡습니다.
- 그럼 이제 시작하겠습니다. 저의 친구는 이번에 행운의 반지를 하나 샀습니다.
- 행운의 열쇠를 많이 잡으셨나요? 행운의 열쇠가 두 개인 분, 한 개인 분, 하나도 없는 분이 있군요. 열쇠가 두 개인 분은 올해 행운이 넘치고, 하나인 분은 올해 잘해야 본전이고 하나도 없는 분은 올해 조심해야 합니다.

31. 옆 사람 이름 외우기

소요 시간	2~3분	적용 시기	도입
대상	초등학생~성인	준비물	없음
장소	실내, 실외	인원	2명

목적

· 경직된 분위기를 해소할 수 있다.

· 옆 사람과 친하게 지낼 수 있다.

· 금방 분위기를 친숙하게 할 때 사용한다.

주의점

· 잘못하면 소란스러워 질 수 있으므로 강사의 말에 따르도록 해야
  한다.

· 오랫동안 진행하면 통제를 하기 어려워지므로 5회 정도만 하는 것이
  좋다.

· 옆 사람뿐만 아니라 앞뒤 사람에게 할 수도 있다. 주의는 소란하지
  않도록 한다.

진행방법

· 강의진행 방법을 알려준다.

· 우선 우측사람의 이름을 알고, 좌측 사람 이름을 알고, 앞뒤 사람의
  이름을 알고, 서로 이름을 불러 준다.

· 사회자의 지시에 따라 서로 이름을 부르고 안아 준다.

진행멘트

· 오늘 처음이라 서로 어색하죠. 그럼 우리 옆 사람과 사귀어 보세요.

· 맨 앞줄에 있는 분들은 오른쪽에서부터 왼쪽으로 번호를 해 보세요.

· 전부 일어나서서 옆 사람과 앞뒤 사람의 얼굴을 보고 이름을 알아보

기로 하겠습니다.

· 먼저 인사를 하시고 서로 이름을 알려 주세요.

· 사회자가 앞사람 이름을 부르게 하고, 서로 이름이 맞으면 서로 안아 주고 '사랑해요'라고 하세요.

· 다음엔 앞뒤 사람도 같은 방법으로 해서 서로 이름도 알고 친해져 보세요.

32. 도미노

소요 시간	2~3분	적용 시기	강의 도중 졸릴 때
대상	초등학생~성인	준비물	없음
장소	실내, 실외	인원	2명

목적

· 경직된 분위기를 해소할 수 있다.

· 졸린 분위기를 해소한다.

· 굳은 온몸을 풀 수 있다.

주의점

· 너무 격렬하게 하지 말아야 한다.

· 적당한 인원으로 해야한다.

진행방법

· 진행방법에 대하여 설명해 준다.

· 팀을 나눈다.

· 앉아서 도미노 게임을 할 수 있도록 팀에 맞는 글자 또는 숫자 등을 만들고 사회자의 진행에 맞게 엎드리게 한다.

진행멘트

· 안녕하세요. 오늘은 여러분들에게 앉은 상태에서 도미노 놀이를 하겠습니다.

· 지금부터 어떤 도미노를 할 것인지 팀별로 협의해서 준비하세요.

· 도미노가 진행되어 자기 차례가 되면 엎드리면 됩니다.

· 그럼 시작해 볼까요. 가다가 끊긴다거나 안 넘어지면 그 팀은 탈락하는 것입니다.

· 준비 시작.

· 네 아주 열심히 해주셔서 감사드립니다.

· 도미노 놀이 재미있었나요?

· 즐겁고 신나는 시간이 되었길. 그리고 옆 사람과 친해지셨죠.

33. 짝짓기

소요 시간	2~3분	적용 시기	도입
대상	초등학생~성인	준비물	없음
장소	실내, 실외	인원	2명

목적

· 경직된 분위기를 해소할 수 있다.

- 청중의 단합을 유도할 수 있다.
- 금방 분위기를 친숙하게 할 때 사용한다.

주의점

- 같이 할 수 있도록 유도한다.
- 너무 오래 하거나 노래를 느린 노래를 선택하지 말아야 한다.

진행방법

- 강의진행방법에 대하여 설명해 준다.
- 손잡고 노래 부르다가 사회자 말을 잘 듣고 그대로 따라 한다.
- 노래를 부르면서 신나게 부르도록 유도한다.
- 처음엔 적은 수의 숫자를 부른다.
- 차츰 큰 숫자를 부르고 짝을 못 찾으면 가운데 앉게 한다.

진행멘트

- 안녕하세요. 오늘은 여러분들에게 그동안 몇 시간 강의를 들으면서 얼마나 친해졌는지 확인하겠습니다.
- 그럼 모든 분들이 원을 그리고 옆 사람과 손을 잡고 오른쪽으로 돕니다.
- 노래 도중 반대로 도는 경우도 있습니다.
- 사회자 말을 잘 듣고 절대복종해야 합니다.
- 자, 시작해 볼까요?

34. O,× 게임

소요 시간	2~3분	적용 시기	도입
대상	초등학생~성인	준비물	없음
장소	실내, 실외	인원	2명

목적

· 경직된 분위기를 해소할 수 있다.

· 청중의 단합을 유도할 수 있다.

· 청중의 순발력을 높일 수 있다.

· 금방 분위기를 친숙하게 할 때 사용한다.

주의점

· 생각보다 시간이 많이 걸린다. 시간을 잘 봐가면서 진행해야 한다.

진행방법

· 진행방법에 대하여 설명해 준다.

· 퀴즈를 내주고 '정답이라 생각하면 O, 아니라고 생각하면 ×로 가시기 바랍니다'라고 똑똑한 발음으로 문제를 낸 다음 움직임이 시작 되었을 때 두세 차례 반복해서 문제를 읽어 준다.

· 때에 따라 대상들이 이해를 하면 다시 한 번 읽어 준다.

35. 홀랄라 가위, 바위, 보

소요 시간	2~3분	적용 시기	도입
대상	초등학생~성인	준비물	없음
장소	실내, 실외	인원	2명

목적

· 경직된 분위기를 해소할 수 있다.

· 금방 분위기를 친숙하게 할 때 사용한다.

· 점심식사 후 나른함을 해소해 줄 수 있다.

주의점

· 잘못하면 소란스러워 질 수 있으므로 강사의 말에 따르도록 해야 한다.

· 오랫동안 진행하면 통제를 하기 어려워지므로 5회 정도만 하는 것이
  좋다.

진행방법

· 둘씩 마주 보게 한다

· '홀랄라' 노래에 맞추어 쎄쎄쎄를 한다.

· 노래가 끝나는 마지막에 가위, 바위, 보로 승부를 가린다.

· 진 사람이 이긴 사람 손등에 뽀뽀, 이긴 사람이 진사람 코비틀기 등
  을 시킨다.

· 리더는 노래를 끝까지 끌지 말고 중간에 '스톱'하여 가위, 바위, 보를
  하게 하며 스피드 있게 진행한다.

진행멘트

· 식사를 하셔서 나른하시고 매우 졸리시지요?

· 저와 함께 불러라 노래를 한 번 하겠습니다.

· 다 아시죠?

· '훌랄라랄라~훌랄라랄라~훌랄라 랄라 랄랄라~

· 잘 부르셨습니다. 그러면 이번엔 훌랄라를 부르시고 가위, 바위, 보
  를 하세요.

· 이번에 진 사람은 뽀뽀를 이긴 사람의 손등에 하세요.

36. 위로, 아래, 꽝

소요 시간	2~3분	적용 시기	도입
대상	초등학생~성인	준비물	없음
장소	실내, 실외	인원	2명

목적

· 경직된 분위기를 해소할 수 있다.

· 점심식사 후 나른함을 해소해 줄 수 있다.

· 옆의 사람과의 관계 속의 친숙함을 필요로 할 때 사용한다.

· 신체 활동을 통하여 근육을 이완시킨다.

주의점

· 잘못하면 소란스러워 질 수 있으므로 강사의 말에 따르도록 해야 한다.

· 오랫동안 진행하면 통제가 어려워지므로 3회만 반복한다.

진행방법

- 짝을 이룬 사람들이 주먹을 쥐고 서로 하나씩 엇갈리게 쌓아올려 4층을 만든다.
- 진행자의 지시에 따라 '위로, 올려, up' 하면 제일 아래 있는 손을 지시에 따라 계속 올리고, '내려, 아래로, down' 하면 위의 손이 아래로 내린다.
- 어느 정도 익숙해지면 진행자가 재치있게 진행한다.
- '올려, 올려, 내려' 하다가 어느 순간 진행자가 '꽝'하면 제일 밑에 있는 손이 제일 위에 있는 손을 재빨리 때린다.

진행멘트

- 오랫동안 자리에 앉아 계셔서 힘드시지요?
- 저와 함께 '위로, 아래, 꽝'을 해 보실래요?
- 저를 따라 해 보세요. 주먹을 쥐고 위로, 아래로 아래, 아래, 위.
- 잘하셨어요.
- '꽝'하면 제일 아래에 있는 손이 제일 위의 손등을 때리는 겁니다.
- 이때 빨리 피할 수 있습니다.

37. 몸 작게 하기

소요 시간	2~3분	적용 시기	도입
대상	초등학생~성인	준비물	없음
장소	실내, 실외	인원	2명

목적

· 경직된 분위기를 해소할 수 있다.

· 점심식사 후 나른함을 해소해 줄 수 있다.

· 옆의 사람과의 관계 속의 친숙함을 필요로 할 때 사용한다.

· 신체 활동을 통하여 근육을 이완시킨다.

주의점

· 잘못하면 소란스러워 질 수 있으므로 강사의 말에 따르도록 해야 한다.

· 오랫동안 진행하면 통제가 어려워지므로 5회만 반복한다.

· 계단이 있는 강의실에서는 안전사고가 발생할 수 있으므로 조심하여야 한다.

진행방법

· 모든 참석자들이 일어선 상태에서 자유스럽게 짝을 지어 가위, 바위, 보를 한다.

· 이긴 사람이 진 사람에게 명령을 내린다.

· 오른손을 밑으로 내밀면서 진 사람에게 '줄여'하고 명령하면 진 사람은 몸을 줄여간다.

· 이렇게 가위, 바위, 보를 계속해 나가면 무릎을 전부 꿇게 되는 사람이 지는 것이다. 몸을 작게 줄인 자세에서 가위, 바위, 보를 해야 한다.

· 한 번만으로 몸을 작게 하는 것이 아니니 5회 정도로 끝을 맺는다.

· 다른 방법으로 다리를 오므리고 시작하여질 때마다 다리를 펴는 방법으로 진행해도 된다.

진행멘트

· 여러분! 저만 이야기하니까 여러분도 이야기하고 싶죠?

· 그럼 지금부터 옆 사람과 2분씩 짝을 지어 상대를 보고 가위, 바위, 보를 2번만 외치세요.

· 다 외쳤으면 진짜로 가위, 바위, 보를 외치면 하는 겁니다.

· 이긴 사람은 진 사람을 향하여 '줄여'를 외쳐 주세요.

38. 집어, 놔

소요 시간	2~3분	적용 시기	도입
대상	초등학생~성인	준비물	볼펜
장소	실내, 실외	인원	2명

목적

· 경직된 분위기를 해소할 수 있다.

· 점심식사 후 나른함을 해소해 줄 수 있다.

· 옆의 사람과의 관계 속의 친숙함을 필요로 할 때 사용한다.

· 진행하는 곳에 집중을 요할 때, 순발력을 요할 때 사용한다.

주의점

· 잘못하면 소란스러워 질 수 있으므로 강사의 말에 따르도록 해야 한다.

· 오랫동안 진행하면 통제를 하기 어려워지므로 5회 정도만 하는 것이 좋다.

진행방법

· 진행방법에 대하여 설명해 준다.

· 두 사람 사이에 볼펜이나 손수건 등의 물건을 하나만 준비한 다음 마주 앉는다.

· 진행자의 지시에 따라 '집어', '놔'라는 말대로 한다.

· 처음에는 지시대로 하다가 어느 정도 숙달이 되면 반대 동작으로 진행하면 이것도 재미있게 된다.

진행멘트

· 식사하시고 강의 듣다 보니 피곤하고 힘드시죠?

· 지금부터 옆 사람과 짝을 지어 보세요. 그리고 볼펜을 한 개만 책상 위에 놓아 주세요. 제가 '집어'하면 두 사람 중 동작이 빠른 사람이 집게 되고 '놔' 하면 놓으시고 진행자의 지시대로 따라 하세요.

· '집어'라는 강사의 소리가 나면 이제부터는 반대로 놓고 '놔' 하면 집는 것을 해 보겠어요.

39. 머릿속의 시계

소요 시간	2~3분	적용 시기	도입
대상	초등학생~성인	준비물	없음
장소	실내, 실외	인원	10명 이상

목적

· 경직된 분위기를 해소할 수 있다.

· 점심식사 후 나른함을 해소해 줄 수 있다.
· 옆의 사람과의 관계 속의 친숙함을 필요로 할 때 사용한다.
· 신체 활동을 통하여 근육을 이완시킨다.

주의점

· 잘못하면 소란스러워 질 수 있으므로 강사의 말에 따르도록 해야 한다.
· 간결하고 짧게 3회만 반복한다.
· 시계를 보거나 자신의 맥박을 짚어보게 하면 안 된다.

진행방법

· 팀을 나누어 진행한다.
· 리더는 참여한 모든 사람에게 눈을 감게 하고 손을 잡게 한다.
· 30초 또는 1분을 정하고 대상들로 하여금 머릿속으로 짐작하여 정한 시간이 되었다고 판단되는 시간에 팀원 전원이 팀장이 손에 사인을 주면 팀원이 손을 들거나 자리에서 일어나게 한다.
· 정확하게 맞춘 팀에게 상품을 준다.

진행멘트

· 모두 눈도 귀도 피곤하시죠?
· 어떻게 해드리면 좋을까요? 잠을 자면 좋겠다고요? 그건 안 되는 일이죠.
· 눈을 감게 해드릴게요. 그러나 귀는 졸지 말고 제 얘기를 들으세요.
· 상품이 기다리니까요.

- 눈을 감고 1분을 세어보세요. 시계를 보는 자는 우리 세계와 맞지 않는 사람이니 눈을 감지도 참여치도 못하게 하면 안 되겠죠?
- 모두 규칙을 지키시고 양심에 맡깁니다.

40. 토끼와 거북이

소요 시간	2~3분	적용 시기	도입
대상	초등학생~성인	준비물	없음
장소	실내, 실외	인원	2명

목적

- 경직된 분위기를 해소할 수 있다.
- 점심식사 후 나른함을 해소해 줄 수 있다.
- 옆의 사람과의 관계 속의 친숙함을 필요로 할 때 사용한다.
- 신체 활동을 통하여 근육을 이완시킨다.

주의점

- 잘못하면 소란스러워 질 수 있으므로 강사의 말에 따르도록 해야 한다.
- 오랫동안 진행하면 통제가 어려워지므로 5회만 반복한다.
- 실수하여 잘못 때린 사람은 상대방에게 방어 없이 2대를 맞게 한다.

진행방법

- 진행방법에 대하여 설명해 준다.
- 두 사람이 마주 보게 한다.

· 갑은 토끼라 하고 을은 거북이라 한다.
· 리더의 이야기 속에 토끼 이야기 나오면 토끼가 거북이의 손등을 때리고 거북이 이름이 나오면 토끼의 손등을 때린다.
· 상대방이 방어하기 전에 상대를 때려야 하고 상대방이 때리기 전에 자신을 방어해야 한다.
· 이때 갑과 을 모두 왼손을 허리에 갖다 댄다.

진행멘트
· 느림보 거북이가 이긴 동화의 제목은 무엇일까요?
· 네, 잘 아시는군요. 여기는 머리가 되시는 분들만 모이셨나 봐요.
· 두 분 중에 토끼와 거북이 이름이 나오면 각자가 이름의 반대로 손등을 자유롭게 만지시든지 꼬집든지 하십시오.
· 지금부터 토끼 이름 나오면 토끼의 이름을 가진 자가 거북이의 손등을 여지없이 만지시기 바랍니다.
· 토끼와 거북이가 경기를 하였습니다.
· 토끼가 깡충깡충, 거북이는 느릿느릿, 거북이걸음을 걸어서 오고 있었습니다. 토끼는 친구들을 데리고 와서 소개합니다.
· 영순이 토끼, 영수 토끼, 아기 토끼, 아버지 토끼, 그러자 거북이도 자기 친구를 소개하였답니다.

41. 갑돌이와 갑순이

소요 시간	2~3분	적용 시기	도입
대상	초등학생~성인	준비물	없음
장소	실내, 실외	인원	2명

목적

· 경직된 분위기를 해소할 수 있다.

· 점심식사 후 나른함을 해소해 줄 수 있다.

· 옆의 사람과의 관계 속의 친숙함을 필요로 할 때 사용한다.

· 신체 활동을 통하여 근육을 이완시킨다.

주의점

· 잘못하면 소란스러워 질 수 있으므로 강사의 말에 따르도록 해야 한다.

· 오랫동안 진행하면 통제가 어려워지므로 5회만 반복한다.

· 실수하여 잘못 때린 사람은 상대방에게 방어 없이 2대를 맞게 한다.

진행방법

· 진행방법에 대하여 설명해 준다.

· 두 사람을 마주 보게 한다.

· 갑은 갑돌이라 하고 을은 갑순이라 한다.

· 리더의 이야기 속에 갑돌이가 나오면 갑돌이가 갑순이의 손등을 때리고 갑순이가 나오면 갑순이가 갑돌이의 손등을 때린다.

· 상대방이 방어하기 전에 상대를 때려야 하고 상대방이 때리기 전에

자신을 방어해야 한다.

· 이때 갑과 을 모두 왼손을 허리에 갖다 댄다.

진행멘트

· 우리나라에서 제일 다정한 연인이 누구죠?(갑돌이와 갑순이 또는 이
몽룡과 성춘향이라는 대답이 나오도록 유도한다.)

· 네, 잘 아시는군요. 여기는 머리가 되시는 분들만 모이셨나 봐요.

· 두 분 중에 갑돌이와 갑순이의 이름을 선택하시고~ 자, 되었나요?

· 지금부터 갑돌이가 나오면 갑돌이의 이름을 가진 자가 갑순이의 등
을 여지없이 때리시기 바랍니다.

· 태초에 하나님께서 갑돌이와 갑순이를 만드셨습니다. 처음에 갑돌이
는 동물들과 친구 하며 지냈는데 외롭지 뭐예요. 그래서 하나님께서
불쌍히 여겨 갑순이를 만들어 주었는데, 아 그 사람이 원수지 뭐예
요. 갑순이는 사사건건 갑돌이의 마음을 긁기 시작했어요.

· 이봐요, 갑돌 씨 갑돌 씨는 왜 그러는데요~

· 청중의 분위기에 맞게 강사는 즉석 이야기를 지어서 상대방들이 즐
겁게 참여하도록 하면 된다.

42. 입 큰 개구리

소요 시간	2~3분	적용 시기	도입
대상	초등학생~성인	준비물	없음
장소	실내, 실외	인원	2명

목적

· 경직된 분위기를 해소할 수 있다.

· 점심식사 후 나른함을 해소해 줄 수 있다.

· 옆의 사람과의 관계 속의 친숙함을 필요로 할 때 사용한다.

· 신체 활동을 통하여 근육을 이완시킨다.

주의점

· 잘못하면 소란스러워 질 수 있으므로 강사의 말에 따르도록 해야 한다.

· 오랫동안 진행하면 통제가 어려워지므로 3회만 반복한다.

진행방법

· 진행방법에 대하여 설명해 준다.

· 짝 배수의 팀으로 팀 구성을 한다.

· 각 팀에서 입이 큰 사람을 한 사람씩 선출한다.

· 선출된 사람이 나와 모든 사람 함께 박수를 치며 '다 함께 노래합시
  다'를 부른다. '입을 크게 벌려 입을 크게 벌려~벌려~아~아~'

· 이때 입을 아래위로 가장 크게 벌린 자가 챔피언이 된다.

진행멘트

· 여러분 점심 먹고 나면 하품이 나지요. 제일 크게 했던 때 생각나십
  니까?

· 입을 너무 크게 벌려 입속에 무엇을 담아본 적이 있는 사람 손 들어
  보세요.

- 다 점잖은 분들만 모이셨나 보군요.
- 그러면 '다 함께 노래합시다'를 모두 다 불러 봅시다
- '다 함께 노래합시다' 다 함께 노래합시다. 입을 크게 벌려 입을 크게 벌려 벌려 벌려 아~아~.
- 이때 리더의 재치가 요구되며 팀이 많을 경우는 토너먼트식으로 진행하고 마무리를 입 큰 사람은 노래도 잘한다를 멘트를 통해 노래로 마무리를 하게 한다.

43. 끼리끼리 짝짓기

소요 시간	2~3분	적용 시기	도입
대상	초등학생~성인	준비물	없음
장소	실내, 실외	인원	2명

목적

- 경직된 분위기를 해소할 수 있다.
- 점심식사 후 나른함을 해소해 줄 수 있다.
- 옆의 사람과의 관계 속의 친숙함을 필요로 할 때 사용한다.
- 신체 활동을 통하여 근육을 이완시킨다.

주의점

- 잘못하면 소란스러워 질 수 있으므로 강사의 말에 따르도록 해야 한다.
- 오랫동안 진행하면 통제가 어려워지므로 3회만 반복한다.

진행방법

· 진행방법에 대하여 설명해 준다.

· 리더는 전원에게 30초의 시간을 준다.

· 참가자들은 30초 동안 자기와 같은 모습이나 특징을 가진 사람과 짝
  을 이룬다.

· 30초 후 1쌍씩 공통점에 대해 발표를 한다.

· 공통점 중에 확인이 안 되는 것(둘이 점심을 먹었다. 성격이 같다)은
  피한다.

· 가장 멋지게 발표한 팀에게 강사는 자기의 재량껏 포상한다.

진행멘트

· 강의 들으시느라 힘드시지요?

· 눈을 들어 주위를 둘러보세요. 나와 같은 색의 옷을 입었다거나, 머
  리 스타일이 같다거나, 목걸이가 같다거나, 시계를 차고 있는지 등
  다 보셨나요?

· 그럼 나와 공통점이 있다고 생각되는 분과 짝을 이뤄보세요.

· 네. 거기 끼리끼리 짝을 이룬 팀 나와 보세요. 어떤 공통점을 이루었
  는지 발표를 부탁드립니다.

44. 말이어 가기

소요 시간	2~3분	적용 시기	도입
대상	초등학생~성인	준비물	없음
장소	실내, 실외	인원	3명 이상

목적

· 경직된 분위기를 해소할 수 있다.

· 점심식사 후 나른함을 해소해 줄 수 있다.

· 옆의 사람과의 관계 속의 친숙함을 필요로 할 때 사용한다.

· 신체 활동을 통하여 근육을 이완시킨다.

주의점

· 잘못하면 소란스러워 질 수 있으므로 강사의 말에 따르도록 해야 한다.

· 오랫동안 진행하면 통제가 어려워지므로 5회만 반복한다.

진행방법

· 진행방법에 대하여 설명해 준다.

· 모두 선 자세에서 4박자 박수(양손 무릎, 손뼉, 오른손 엄지, 왼손 엄지)를 치게 한다.

· 리더는 1, 2박자는 쉬고 3, 4박자에 단어를 외친다.

· 리더의 다음번 사람은 리더가 외친 단어의 끝 자를 이용해 단어 1개를 만들어 4박자에 외쳐야 한다.

· 나왔던 단어를 외치거나 4박자 때 외치지 못한 사람은 앉게 한다.

진행멘트

· 식사 후 나른하시죠?

· 그럼 분위기를 바꾸는 차원에서 말이어 가기를 한 번 해볼까요?예)
  자동차, 차도, 도망자, 자전거, 거울, 울보, 보자기, 기차, 차비 등

· 제때에 외치지 못한 사람은 앉게 한다.

· 어느 정도 한 후, 3명 정도가 남았을 때에 종료한다.

45. 노래손님

소요 시간	2~3분	적용 시기	도입
대상	초등학생~성인	준비물	없음
장소	실내, 실외	인원	3명 이상

목적

· 경직된 분위기를 해소할 수 있다.

· 점심식사 후 나른함을 해소해 줄 수 있다.

· 옆의 사람과의 관계 속의 친숙함을 필요로 할 때 사용한다.

· 신체 활동을 통하여 근육을 이완시킨다.

주의점

· 잘못하면 소란스러워 질 수 있으므로 강사의 말에 따르도록 해야
  한다.

· 오랫동안 진행하면 통제가 어려워지므로 3회만 반복한다.

진행방법

· 진행방법에 대하여 설명해 준다.

· 진행자는 준비한 손수건을 임의로 한 사람이게 준다.

· 진행자가 '좌로 3번'하면 손수건을 가진 사람은 손수건을 세 사람 왼쪽으로 이동시킨다. '뒤로 1번'하면 뒷줄로 한 사람 손수건을 이동시킨다.

· 진행자는 계속 좌우로 뒤로 앞으로 손수건을 이동시킨 후 '스톱'을 한 후 손수건을 가진 사람을 노래손님으로 초대한다.

· 이때 노래는 동요든 어떤 노래든 다 좋다. (분위기에 맞으면 더 좋겠고)

진행멘트

· 식사 후 나른하시죠?

· 그럼 분위기를 바꾸는 차원에서 노래손님을 초대할까요?

· 누구나 자신 있는 사람은 나오고 싶겠지만 오늘은 특별한 사람이 선택될 것이기에 손수건을 받으시고 받으신 분은 저의 구령에 맞춰 손수건을 주셔야 합니다.

· 만약 틀리시거나 손수건의 방향을 방해하는 자는 다른 벌칙을 적용하겠습니다.

· '스톱' 네, 당신이었군요. 기다렸습니다.

PART 11

실전!
실외 SPOT 강의

1. 보디가드 피구

소요 시간	2~3분	적용 시기	도입
대상	초등학생~성인	준비물	배구공, 농구공
장소	실외	인원	3명 이상

목적

· 경직된 분위기를 해소할 수 있다.

· 신체 활동을 통하여 근육을 이완시킨다.

· 점심식사 후 나른함을 해소해 줄 수 있다.

· 금방 분위기를 친숙하게 할 때 사용한다.

주의점

· 잘못하면 소란스러워 질 수 있으므로 강사의 말에 따르도록 해야 한다.

· 오랫동안 진행하면 통제를 하기 어려워지므로 5회 정도만 하는 것이
  좋다.

· 계단이 있는 강의실에서는 안전사고가 발생할 수 있으므로 하지 않
  는다.

진행방법

· 진행방법에 대하여 설명해 준다.

· 여자와 남자가 한 조를 이루면서 두 팀으로 나누어 경기하는데 남자
  는 맞아도 죽지 않는데 여자가 맞으면 그 조는 죽는 것으로 한다.

· 남자는 시종일관 여자의 손을 잡고 보호하면서 경기를 하는 것이며,

대신 남자가 상대편에게 공을 던질 때는 왼손으로 던져야 한다.
· 평소 마음에 두고 있는 사람과 짝을 맺어 기사도 정신을 발휘해보는 것도 좋을 듯싶다.

진행멘트

· 식사를 바로 하셔서 매우 졸립지요? or 아직 옆에 분들과 잘 모르시지요?
· 평소 마음에 두고 있는 사람이 있으시다면 그분 옆으로 가서 손을 잡으십시오.
· 아니면 바로 옆의 여성분들과 손을 마주 잡으시기 바랍니다.
· 호루라기 소리와 함께 그럼 시작하겠습니다.
· 여자분이 공을 맞았으면 그 조는 자연 탈락입니다.
· 남자분들께서는 자기 파트너를 보호해서 기사도 정신을 발휘하여 주시기 바랍니다.

2. 발야구

소요 시간	2~3분	적용 시기	도입
대상	초등학생~성인	준비물	배구공
장소	실내, 실외	인원	20명 내외

목적

· 경직된 분위기를 해소할 수 있다.
· 신체 활동을 통하여 근육을 이완시킨다,

· 남녀 상호 간 친목을 도모할 수 있다.
· 금방 분위기를 친숙하게 할 때 사용한다.

주의점

· 잘못하면 소란스러워 질 수 있으므로 강사의 말에 따르도록 해야 한다.
· 오랫동안 진행하면 통제를 하기 어려워지므로 5회 정도만 하는 것이 좋다.
· 계단이 있는 강의실에서는 안전사고가 발생할 수 있으므로 하지 않는다.

진행방법

· 남자가 찰 때는 왼발로 차고(왼발잡이는 당연히 오른발로 차야겠지요) 여자는 오른발로, 파울선은 차는 지점에서 최소 3~4m 정도에 있어야 하고 투수(공을 굴려주는 사람)는 여자로 해야 한다.
· 아웃은 3명으로 해도 되고 혹은 5명까지 늘릴 수도 있는데 상황에 따라서 적절히 조절하면 된다.

진행멘트

· 식사를 바로 하셔서 매우 졸립지요? or 아직 옆에 분들과 잘 모르시지요?
· 이번 경기는 발야구입니다. 기존의 발야구는 남성이면 남성, 여성이면 여성 이렇게 진행했었는데요, 이번 경기는 남녀가 함께 어우러져서 하는 발야구 경기입니다.

· 호루라기 소리와 함께 그럼 시작하겠습니다.

3. 심봉사 깡통 치기

소요 시간	2~3분	적용 시기	도입
대상	초등학생~성인	준비물	깡통, 막대
장소	실내, 실외	인원	3명 이상

목적

· 경직된 분위기를 해소할 수 있다.
· 신체 활동을 통하여 근육을 이완시킨다.
· 청중의 단합을 유도할 수 있다.
· 금방 분위기를 친숙하게 할 때 사용한다.

주의점

· 잘못하면 소란스러워 질 수 있으므로 강사의 말에 따르도록 해야
  한다.
· 양 팀을 나누어서 진행해야 하며 잔디밭 등 장애물이 없는 곳을 선택
  한다.

진행방법

· 진행방법에 대하여 설명해 준다.
· 청군 백군으로 양 팀을 나누어 진행한다.
· 남성과 여성이 발을 묶어 출발하며, 안대가 풀어지면 실격이다.

· 강사의 호루라기 소리와 함께 눈을 가리고 깡통이 있는 곳까지 출발
  하여 깡통을 치고 돌아오는 게임이다.

진행멘트

· 안녕하세요. 오늘은 여러분들의 단결을 보도록 하겠습니다.
· 각 팀의 선수들은 파트너와 발목을 단단히 묶은 다음 안대를 하신 후
  앞쪽에 있는 깡통을 먼저 치고 돌아오는 팀이 승리하는 것으로 하겠
  습니다.
· 자! 그럼 시작하겠습니다. 호루라기 소리와 함께 출발!

4. 바늘구멍 보물찾기

소요 시간	2~3분	적용 시기	도입
대상	초등학생~성인	준비물	도화지, 칼, 보물(동전, 구슬, 장기알 등)
장소	실내, 실외	인원	3명 이상

목적

· 경직된 분위기를 해소할 수 있다.
· 집중력을 키울 수 있다.

주의점

· 주변에 장애물이 없어야 한다.
· 보물을 너무 멀리 감추지 말고 가까이 감추되 많이 감춘다.

진행방법

· 진행방법에 대하여 설명해 준다.

· 강사는 두 사람을 선정하여 제자리에서 일어나게 한다.

· 호루라기 소리와 함께 두 사람(팀)을 출발시킨 후 제한된 시간 안에 많은 보물을 찾은 사람(팀)이 승리하는 것으로 한다.

진행멘트

· 안녕하세요. 오늘 여러분들과 함께할 게임은 제한된 시간 안에 누가 많이 보물을 찾아 이곳 바구니에 채우는가 하는 게임입니다.

· 호루라기 소리와 함께 앞에 있는 선수부터 차례차례 출발하여 주시기 바랍니다.

· 그럼 출발!

5. 몸 붙이기

소요 시간	2~3분	적용 시기	도입
대상	초등학생~성인	준비물	없음
장소	실내, 실외	인원	3명 이상

목적

· 주위 사람과 친숙해 질 수 있는 계기가 된다.

· 경직된 분위기를 해소할 수 있다.

· 점심식사 후의 식곤증과 나른함을 해소해 줄 수 있다.

주의점

· 잘못하면 소란스러워 질 수 있으므로 강사의 말에 따르도록 해야 한다.

· 오랫동안 진행하면 분위기가 소란스러워 질 수 있으므로 2~3분 정도만 한다.

진행방법

· 두 사람이 한 조가 된다.

· 사회자가 말하는 지시대로 동작하는 놀이다.

· '궁둥이를 붙이세요', '등을 붙이세요', '무릎을 붙이세요', '코를 붙이세요', '이마를 붙이세요' 등 재치 있게 진행한다.

· 어른들끼리는 서로 어색할 수도 있지만 초등학생들은 좋아하는 놀이다.

진행멘트

· 앉아계시느라 몸이 많이 힘드시죠?

· 자 지금 일어나셔서 저와 함께 같이 해 볼까요.

· 바로 옆의 사람과 짝을 지으시고 '궁둥이를 붙이세요' 등

6. 물먹는 하마

소요 시간	2~3분	적용 시기	도입
대상	초등학생~성인	준비물	음료수, 맥주, 유리잔 (1000리터)
장소	실내, 실외	인원	3명 이상

목적

· 경직된 분위기를 해소할 수 있다.

· 팀원 간의 단합을 유도할 수 있다.

· 금방 분위기를 친숙하게 할 때 사용한다.

주의점

· 성인을 대상으로 할 경우에는 도수가 낮은 술을 이용해도 좋다.

· 빨대의 크기가 너무 크면 재미없으므로 작은 빨대를 준비한다.

진행방법

· 5명이 한 팀을 구성토록 하며, 남녀가 함께 구성되어도 된다.

· 5명은 모두 뒷짐을 지고 강사의 호루라기 소리와 함께 출발하여 음료를 모두 마시고 빨리 돌아오는 팀이 이기는 것으로 한다.

· 같은 방법으로 무르익을 때까지 계속한다.

진행멘트

· 안녕하세요. 오늘은 여러분들의 단합된 힘을 얼마나 발휘하는가를 테스트해 볼까요.

· 맨 먼저 팀이 구성된 분들만 앞으로 나오십시오. 그럼 시작하겠습니다.

· 잘하시는군요. 그럼 이제 인원을 3명으로 줄이고 양은 그대로 한 체 시작하겠습니다.

· 이제 다들 배가 부르시겠네요. 어느 팀이 가장 먼저 빠른 시간 안에 잔을 비우셨나요?

7. 개다리 뛰기

소요 시간	2~3분	적용 시기	도입
대상	초등학생~성인	준비물	노끈
장소	실내, 실외	인원	3명 이상

목적

· 경직된 분위기를 해소할 수 있다.

· 팀원 간의 단합을 유도할 수 있다.

· 금방 분위기를 친숙하게 할 때 사용한다.

주의점

· 노끈을 길게 준비한다.

진행방법

· 청팀 백팀으로 나누어 실시한다.

· 호루라기 소리와 함께 출발하며 반환점까지 두 줄을 평행하게 그리
  고 양발을 벌리고 줄을 밟지 않고 뛰어갔다가 빨리 돌아오는 팀을 우
  승으로 한다.

· 같은 방법으로 무르익을 때까지 계속한다.

진행멘트

· 안녕하세요. 오늘은 여러분들의 단합된 힘을 얼마나 발휘하는가를
  테스트해 볼까요.

- 맨 먼저 팀이 구성된 분들만 앞으로 나오십시오. 그럼 시작하겠습니다.
- 잘하시는군요. 넘어지지 않도록 조심하시고, 서둘러 주시기 바랍니다.

8. 국수가락 뽑기

소요 시간	2~3분	적용 시기	도입
대상	초등학생~성인	준비물	신문지
장소	실내, 실외	인원	3명 이상

목적
- 경직된 분위기를 해소할 수 있다.
- 금방 분위기를 친숙하게 할 때 사용한다.

주의점
- 신문지를 넉넉히 준비한다.

진행방법
- 신문지를 가장 **빠**른 시간 안에 가장 가늘고 길게 잘라내는 사람이 이긴 것으로 한다.

진행멘트
- 안녕하세요. 오늘은 여러분들의 섬세함을 겨루어 보는 게임을 해보겠습니다.
- 여러분에게 나누어 드린 신문지를 가장 길게 찢은 분이 이기는 것입

니다. 그럼 시작하겠습니다.

9. 굴러라 달걀

소요 시간	2~3분	적용 시기	도입
대상	초등학생~성인	준비물	종이, 달걀
장소	실내, 실외	인원	3명 이상

목적

· 경직된 분위기를 해소할 수 있다.

· 금방 분위기를 친숙하게 할 때 사용한다.

주의점

· 종이와 달걀을 넉넉히 준비한다.

진행방법

· 각 팀별로 나란히 긴 종이를 한 장씩 바닥에 놓고 앉는다.

· 강사의 신호가 떨어지면 첫 번째 사람은 종이 위에 날계란을 종이 끝으로 굴려 다음 사람의 종이 위로 보낸다.

· 이때 계란이 종이 바깥으로 나가거나 깨지면 실격 처리한다.

· 가장 빨리 전달하는 팀이 이긴다.

진행멘트

· 안녕하세요. 오늘은 여러분들의 섬세함을 겨뤄보는 게임을 해 보겠

습니다.
· 그럼 시작하겠습니다.

10. 풍선 패스

소요 시간	2~3분	적용 시기	도입
대상	초등학생~성인	준비물	풍선
장소	실내, 실외	인원	3명 이상

목적

· 경직된 분위기를 해소할 수 있다.
· 집중력을 키울 수 있다.

주의점

· 게임 도중 풍선이 바닥에 떨어지지 않아야 한다.
· 손을 이용하면 안 된다.

진행방법

· 각 팀을 2인 1조로 4~6개 팀을 만든다.
· 그 나머지 인원은 출발선에서 반환점까지 길게 늘어서서 옆 사람과 발을 대고 옆으로 늘어선다.
· 그러면 주자 두 명은 가랑이를 벌리고, 늘어선 사람들은 사이에 두고 각각 선다.
· 게임이 시작되면 주자 두 명은 풍선을 발로 차서 가랑이 사이로 패스

를 하며 반환점까지 간다.
· 마지막 사람의 가랑이까지 풍선을 패스했으면 풍선을 발로 튀겨 올리고 서서 엉덩이에 풍선을 끼워 터뜨려야 한다.
· 풍선을 터뜨리면 다음 주자에게 달려가서 교대한다.
· 먼저 끝내는 팀이 승리한다.

진행멘트

· 안녕하세요. 오늘은 여러분들의 단합 됨을 시험해 보는 게임으로 진행해볼까 합니다.
· 호루라기 소리와 함께 앞에 있는 주자께서는 출발하여 주시기 바랍니다.
· 그럼 출발!

11. 공굴리기

소요 시간	2~3분	적용 시기	도입
대상	초등학생~성인	준비물	공
장소	실내, 실외	인원	3명 이상

목적

· 새로운 의욕과 활력을 증대시킨다.
· 업무 및 교육으로 인한 긴장과 불만을 해소할 수 있다.
· 경직된 분위기를 해소할 수 있다.
· 신체 활동을 통하여 근육을 이완시킨다.

· 명랑한 분위기를 조성할 수 있다.

주의점

· 안전사고가 발생하지 않도록 간단한 게임이라도 치밀한 사전 준비
를 하여야 한다.
· 게임설명은 간단명료하게 하여야 한다.
· 잘못하면 소란스러워질 수 있으므로 강사의 말에 따르도록 해야 한다.
· 오래 진행하면 통제가 어려워지므로 최대한 빨리 마쳐야 한다.

진행방법

· 진행방법에 대하여 설명해 준다.
· 강사는 팀의 단결을 요하기 위해 팀별로 게임을 하도록 한다.
· 강사의 신호에 맞추어 공에 손을 대지 않고 맨 끝까지 이동시키도록
한다.
· 만약 공에 손을 댔을 때는 벌칙으로 점수를 100점씩 차감하도록 한다.
· 이겼을 경우 승리점수를 주고 박수를 쳐주도록 한다.

진행멘트

· 안녕하세요. 오늘은 여러분들의 창의적인 아이디어를 알아보도록
하겠어요.
· 두 줄씩 팀을 나눠서 시작할 건데요. 여기 있는 공에 손을 대지 않고
맨 끝으로 빨리 보내는 팀에 점수를 주겠어요.
· 어떠한 방식을 써도 괜찮습니다. 단 손을 대지 말아야 합니다.

· 그럼 시작하겠습니다.

12. 11자형 번지점프

소요 시간	2~3분	적용 시기	도입
대상	초등학생~성인	준비물	눈가리개, 점프대
장소	실내, 실외	인원	3명 이상

목적

· 경직된 분위기를 해소할 수 있다.

· 새로운 의욕과 활력을 증대시킨다.

· 명랑한 직장 분위기를 조성한다.

· 단합을 유도할 수 있다.

주의점

· 간단한 게임이라도 안전사고가 발생하지 않도록 치밀한 사전 준비
  를 하여야 한다.

· 게임설명을 간단명료하게 한다.

· 단합이 되지 않으면 다칠 우려가 있으므로 서로가 단합되어야 한다.

· 오래 진행하면 통제가 어려워짐으로 최대한 빨리 마쳐야 한다.

진행방법

· 진행방법에 대하여 설명해 준다.

· 참가자 중 한 명은 눈을 가리고 1.5m 상단 위에 올라가서 선다.

- 나머지 참가자는 11자형으로 서서 뒤로 넘어지는 동료의 몸을 받쳐 준다.
- 같은 방법으로 전 참가자들이 할 수 있도록 한다.

진행멘트

- 안녕하세요. 여러분들의 점프 실력을 보도록 할까요?
- 제가 호명하는 두 사람은 여기 앞으로 나와주세요
- 우선 눈가리개로 눈을 가리고 저기 위에 올라가서 서야 돼요. 그리고 나머지 사람들은 11자형으로 서서 뒤로 점프하는 동료를 받아주는 거예요.
- 서로 단결이 되지 않으면 다칠 수가 있으므로 타이밍을 맞출 수 있어야 해요.
- 잘하는군요. 다음은 역할을 바꾸어서 해 보지요.

13. 무릎 위에 앉기

소요 시간	2~3분	적용 시기	도입
대상	초등학생~성인	준비물	없음
장소	실내, 실외	인원	3명 이상

목적

- 경직된 분위기를 해소할 수 있다.
- 신체 활동을 통하여 근육을 이완시킨다.
- 금방 분위기를 친숙하게 할 수 있다.

· 새로운 의욕과 활력을 증대시킬 수 있다.

주의점

· 잘못하면 소란스러워질 수 있으므로 강사의 말에 행동을 따르도록
  해야 한다.
· 오랫동안 진행하면 통제를 하기 어려워짐으로 5회 정도만 하는 것이
  좋다.

진행방법

· 진행방법에 대하여 설명해 준다.
· 옆 사람의 등을 보는 자세로 원형으로 선 상태에서 뒷사람의 무릎에
  앉는다.
· 진행자의 지시에 따라 이동하여야 한다.
· 부분의 불균형은 전체의 불균형을 초래함으로 균형을 유지하여야
  한다.

진행멘트

· 안녕하세요. 무릎 위에 앉기를 해 보도록 하겠습니다.
· 서 있는 상태에서는 무릎에 앉아 보지 못했죠? 오늘 한번 해 보도록
  합시다.
· 원이 되게 만들고 서 보세요. 그리고 옆 사람의 무릎에 앉기 위해 '우
  향우' 해 보세요. 뭐가 보이나요.
· 앞사람 등이 보이죠. 그 상태에서 뒷사람의 무릎에 앉아 보도록 합

시다.

· 앉아 본 소감이 어때요.

· 앉은 상태에서 제가 말하는 데로 움직여 보도록 합시다.

· 한 사람이 균형을 못 잡아도 무너지니까 서로 잘 의지하면서 잘해봅 시다.

· 시작합니다.

· 뒤로 한 발자국, 옆으로 두 발자국, 앞으로, 뒤로

14. 알까기 술래잡기

소요 시간	2~3분	적용 시기	도입
대상	초등학생~성인	준비물	없음
장소	실내, 실외	인원	3명 이상

목적

· 신체 활동을 통하여 근육을 이완시킨다.

· 금방 분위기를 친숙하게 할 수 있다.

· 고마움, 용기, 희생, 노력 등을 체험하게 된다.

주의점

· 잘못하면 소란스러워질 수 있으므로 강사의 말에 따르도록 해야 한다.

· 여러 명이 같이 하기 때문에 안전사고에 유의한다.

진행방법

· 진행방법에 대하여 설명해 준다.

· 술래를 정한 후 술래가 10까지 센 후 친구들을 잡기 시작한다.

· 잡힌 사람들은 움직일 수 없게 양팔을 벌리고 서 있으면 아직 살아있는 친구가 서 있는 친구를 찍으면 풀려날 수 있다.

· 술래에게 모두 잡히면 술래를 바꿔서 해 본다.

진행멘트

· 안녕하세요. 아주 재미있는 게임을 하겠습니다.

· 팀을 두 팀으로 나눠 가위, 바위, 보를 한 후 진 팀이 술래를 하도록 합시다.

· 제가 호루라기를 불면 술래는 숫자 10을 세고 출발을 하여 친구를 잡는 겁니다.

· 잡힌 친구들은 움직이지 말고 양팔을 벌리고 가만히 서 있어야 돼요.

· 만약에 움직이거나 규칙대로 하지 않으면 아주 무시무시한 벌칙이 기다리고 있으니 규칙을 꼭 지켜주기 바랍니다.

· 술래한테 다 잡히면 술래를 바꿔서 다시 해 보도록 합시다.

15. 엉덩이로 밀어내기

소요 시간	2~3분	적용 시기	도입
대상	초등학생~성인	준비물	없음
장소	실내, 실외	인원	3명 이상

목적

· 접촉을 통해서 더 친밀감을 느낄 수 있다.
· 신체 활동을 통하여 근육을 이완시킨다.
· 경직된 분위기를 해소할 수 있다.

주의점

· 잘못하면 소란스러워질 수 있으므로 강사의 말에 따르도록 해야
  한다.
· 서로 경쟁을 하는 것보다는 친해질 수 있도록 해야 한다.

진행방법

· 게임진행방법에 대하여 설명해 준다.
· 이성 구별 없이 깍지끼고 앉아 팀을 나눈다.
· 자기 팀에 맞는 표현을 설정하여야 한다.
· 무질서하게 돌아다니면서 상대방 팀을 엉덩이로 밀어낸다.
· 가장 많이 남은 팀이 승리하게 된다.

진행멘트

· 안녕하세요. 엉덩이로 밀어내기 게임을 함께 합시다.
· 원 안에서 원 밖으로 밀어내기 게임인데 엉덩이 힘이 누가 제일 센지
  함께 해보죠.
· 호루라기를 불면 시작하는 겁니다.
· 원 밖으로 나간 분은 제자리로 돌아가 응원해 주시기 바랍니다.

- 이긴 팀에게는 선물이 기다리고요, 진 팀에게는 시원한 벌칙이 기다리고 있습니다.
- 호루라기를 불어서 많이 남아있는 팀을 이긴 팀으로 한다.

16. 술래도 즐거워

소요 시간	2~3분	적용 시기	도입
대상	초등학생~성인	준비물	물총, 물
장소	실내, 실외	인원	3명 이상

목적

- 경직된 분위기를 해소할 수 있다.
- 신체활동을 통해 근육을 이완시킬 수 있다.
- 분위기를 금방 친숙하게 할 때 사용한다.

주의점

- 잘못하면 소란스러워질 수 있으므로 강사의 말에 따르도록 해야 한다.
- 벌칙진행 시 벌칙 받는 사람이 수치심을 느끼지 않을 정도의 벌칙을 하도록 한다.

진행방법

- 둥그렇게 앉아서 다 함께 노래를 부르면서 노랫소리에 맞춰 물총을 옆 사람에게 전달해 나간다.
- 사회자가 호루라기를 불거나 노래가 끝나는 순간에 물총을 가지고

있는 사람은 실격이 된다.
- 그 사람은 분풀이로 양옆에 있는 사람에게 물총을 쏘아댄 후 원 중앙에 가서 앉는다.
- 실격된 사람이 3~4명 정도 모이면 벌칙을 받게 된다.
- 인원이 많을 경우에는 물총 두 개를 동시에 사용한다.

진행멘트

- 안녕하세요. 술래잡기게임 해 보셨죠?
- 둥그렇게 원으로 둘러앉아 수건돌리기 게임은 많이 했을 텐데 오늘은 한층 업그레이드된 게임으로 물총에 물을 넣어서 게임을 합시다.
- 노래를 부르다가 제가 호루라기를 부르면 그때 물총을 가지고 계신 분이 걸리신 겁니다.
- 걸리면 여기 중앙으로 나와 주세요
- 요즘 제일 유행하는 '어머나' 노래 시작합니다.
- 후-익 호루라기 불었는데 걸리신 분 어서 나오세요.
- 여러 번 한 후 걸린 사람들에게 벌칙을 준다.
- 엉덩이로 이름 쓰기, 노래 부르기, 춤추기 등을 하도록 한다.

17. 끼리끼리 모여라

소요 시간	2~3분	적용 시기	도입
대상	초등학생~성인	준비물	카드
장소	실내, 실외	인원	3명 이상

목적

· 순발력을 높일 수 있다.

· 금방 분위기를 친숙하게 할 때 사용한다.

주의점

· 잘못하면 소란스러워질 수 있으므로 강사의 말에 행동을 따르도록
  해야 한다.

· 흉내를 못 내거나 팀을 못 찾는다고 구박을 해서는 안 된다.

진행방법

· 진행방법에 대하여 설명해 준다.

· 사회자는 카드에 같은 팀끼리 같은 동작을 하도록 적어 놓는다. (예 :
  탁구치는 흉내 내기, 천사처럼 웃기, 자전거 타기, 원숭이 흉내 내기,
  수영하는 흉내 내기 등)

· 모두에게 카드를 한 장씩 나누어 준다.

· 모두는 각자 자기 카드에 쓰여진 지시대로 흉내를 내며 돌아다닌다.

· 자신과 같은 동작을 하는 사람을 찾아서 한 팀을 이룬다.

· 제한시간 내에 자기 팀을 못 찾은 사람은 벌칙을 받게 된다.

진행멘트

· 안녕하세요. 여기 카드가 있습니다.

· 나눠준 카드를 가지고 카드에 적힌 동작이나 흉내를 내면서 같은 팀
  을 제한시간 동안 찾는 겁니다.

· 제가 호루라기를 불면 시작합니다.

· 제한시간이 다 됐습니다.

· 여기 못 찾으신 분이 있군요. 못 찾으신 분은 어떻게 할까요?

· 벌칙을 받는 게 낫겠죠.

· 벌칙을 수행하도록 하고 같이 팀이 된 사람은 행사가 끝날 때까지 같은 팀이 되는 겁니다.

· 서로 확인해 주시기 바랍니다.

18. 허수아비 만들기

소요 시간	2~3분	적용 시기	도입
대상	초등학생~성인	준비물	없음
장소	실내, 실외	인원	3명 이상

목적

· 경직된 분위기를 해소할 수 있다.

· 금방 분위기를 친숙하게 할 수 있다.

· 새로운 의욕과 활력을 증대시킬 수 있다.

주의점

· 잘못하면 소란스러워질 수 있으므로 강사의 말에 행동을 따르도록 해야 한다.

· 오랫동안 진행하면 통제하기 어려워지므로 단시간 내에 끝내도록 한다.

진행방법

· 게임진행방법에 대하여 설명해 준다.

· 각 팀에서 한 사람을 뽑아 허수아비로 분장시킨다.

· 각 팀에서 가지고 있는 옷과 소품들을 이용하여 분장시키는데 허수
  아비처럼 헐렁하고 어수룩한 모습을 만든다.

· 허수아비는 포즈를 다양하게 취하는데 한쪽 발을 든다든가, 고개를
  떨구거나, 기타를 메고 비뚤게 서 있는다.

· 제한 시간 내에 허수아비를 가장 특색있고 허수아비답게 잘 분장시
  킨 팀이 이기게 된다.

진행멘트

· 안녕하세요. 여러분 허수아비가 어떤 것인지 아시죠?

· 논이나 밭에 서 있는 허수아비는 양팔을 벌리고 있으면서 특별한 개
  성이 없습니다.

· 여기서 만드시는 허수아비는 개성 강한 허수아비로 이 세상에 단 하
  나뿐인 허수아비를 만드시는 겁니다.

· 허수아비로 선발되시는 분은 여기 앞으로 나오시고 제한시간 안에
  멋지고 창의적인 허수아비를 만들어서 여러분들의 박수 소리로 우
  승자를 가려낼 겁니다.

· 시작하세요.

· 제한시간이 끝났습니다. 제가 순서대로 호명을 하겠습니다.

· 여러분께서 박수를 쳐주시면 박수 소리가 많이 나는 팀이 우승자가
  되는 겁니다.

19. 사랑의 종이비행기

소요 시간	2~3분	적용 시기	도입
대상	초등학생~성인	준비물	종이, 펜
장소	실내, 실외	인원	3명 이상

목적

· 경직된 분위기를 해소할 수 있다.

· 새로운 의욕과 활력을 증대시킬 수 있다.

· 서로의 고마움 등을 알 수 있다.

주의점

· 잘못하면 소란스러워질 수 있으므로 강사의 말에 행동을 따르도록
 해야 한다.

· 단시간에 끝내며 동시에 많은 사람이 움직이면 사고우려가 있으니
 안전에 유의한다.

진행방법

· 3~5m의 거리를 두고 두 팀은 마주 본다.

· 모두에게 종이와 펜을 나눠 준다.

· 자기 앞에 있는 상대 팀 사람을 대상으로 사랑의 편지나 하고 싶은
 말을 쓴 후 종이비행기를 접는다.

· 사회자의 신호가 떨어지면 상대 팀을 향해 종이비행기를 신나게 날
 린다.

· 모두 종이비행기를 하나씩 집어 들고 앉는다.

· 벌칙이 적힌 것을 받은 사람은 내용을 발표한 후 벌칙을 받는다.

진행멘트

· 안녕하세요. 상대방에게 하고 싶었던 얘기나 받게 하고 싶은 벌칙이 있으면 써서 상대방을 향해 날리는 게임을 할 겁니다.

· 할 수 있는 주문을 써서 날려 주세요.

· 다 적었으면 날립니다.

· 벌칙이 나오신 분은 여기 앞으로 나와서 벌칙수행을 해 주세요.

· 팀을 바꿔서 다시 해봅시다.

20. 더 이상은 못해

소요 시간	2~3분	적용 시기	도입
대상	초등학생~성인	준비물	없음
장소	실내, 실외	인원	3명 이상

목적

· 경직된 분위기를 해소할 수 있다.

· 신체 활동을 통하여 근육을 이완시킨다.

· 금방 분위기를 친숙하게 할 수 있다.

주의점

· 잘못하면 소란스러워질 수 있으므로 강사의 말에 행동을 따르도록

해야 한다.

· 서로 안전을 고려하여 게임진행을 해야 한다.

진행방법

· 게임진행방법에 대하여 설명해 준다.

· 두 팀은 일렬종대로 마주 보고 선다.

· 사회자의 신호가 떨어지면 가위, 바위, 보를 하는데 진 사람은 좌우
  로 발을 약간씩 벌려 나간다.

· 계속해 나가다 마침내 상대방이 양쪽 다리가 너무 벌어져 견디지 못
  하게 되면 이기게 되는 게임이다.

진행멘트

· 안녕하세요. 여러분들의 유연성을 알아봅시다.

· 시작도 하기 전에 힘들어하시는 분이 있으시군요.

· 우선 팀을 나누고 시작합시다.

· 같이 큰 소리로 가위, 바위, 보라고 외쳐봅시다. '가위, 바위, 보'

· 이기신 분 손 드세요. 너무 좋아하시는군요.

· 진 분은 한 발자국 크기의 넓이로 벌려 주세요.

· 너무 고통스러워 하는군요. 포기하실 분은 얼른 하세요.

· 계속 진행을 한 후 많이 남은 쪽의 팀을 우승팀으로 한다.

21. 체조를 합시다

소요 시간	2~3분	적용 시기	도입
대상	초등학생~성인	준비물	없음
장소	실내, 실외	인원	3명 이상

목적

· 신체 활동을 통하여 근육을 이완시킨다.

· 경직된 분위기를 해소할 수 있다.

· 점심식사 후 식곤증과 나른함을 해소해 줄 수 있다.

주의점

· 잘못하면 소란스러워 질 수 있으므로 강사의 말에 따르도록 해야 한다.

· 남녀가 커플게임으로 마주 보고 서서 진행자를 따라 하지 않도록 하
  는 것이다.

· 오랫동안 진행하면 분위기가 소란스러워 질 수 있으므로 2~3분 정
  도만 한다.

진행방법

· 서로 어느 정도의 간격을 유지한 후 진행자를 바라보고 선다.

· 손을 머리 위로 깍지를 낀 채 쭉 올리면서 숨을 들이마신다.

· 좌, 우로 몸을 스트레칭을 한 다음 손을 내리면서 숨을 내신다.

· 앉은 다음 다리를 쭉 편 채로 숨을 들이마시면서 엎드린다.

· 숨을 내쉬면서 상체를 편다.

진행멘트

· 앉아계시느라 몸이 많이 힘드시죠?

· 자 지금 일어나셔서 저와 함께해 볼까요.

· 먼저 손을 깍지끼신 후 머리 위로 쭉 올리고 내려보세요.

22. 불러라! 불러라!

소요 시간	2~3분	적용 시기	도입
대상	초등학생~성인	준비물	없음
장소	실내, 실외	인원	10명 이상

목적

· 금방 분위기를 친숙하게 할 때 사용한다.

· 점심식사 후 나른함을 해소해 줄 수 있다.

주의점

· 잘못하면 소란스러워 질 수 있으므로 강사의 말에 따르도록 해야 한다.

· 오랫동안 진행하면 분위기가 소란스러워질 수 있으므로 5회 정도만
  한다.

진행방법

· 팀장을 정한다. (제일 앞에 있는 사람이나 진행자가 정하여 한다)

· '불러라 불러라' 노래를 함께 다 같이 부른다.

· A팀과 B팀이 번갈아 가면서 '불러라'의 가사 대신에 다른 지시어를

넣어 부른다. (예)'웃어라', '울어라', '때려라', '벗어라' 등

진행멘트

· 식사를 하셔서 나른하시고 매우 졸리시지요?

· 저와 함께 불러라 노래를 한번 하시겠습니다. 다 아시죠?

· 불러라~ 불러라~ 노래 불러라~

· 잘 부르셨습니다. 그러면 이번엔 불러라 대신에 '웃어라'를 넣어 불러 보죠?

· 이번에 팀을 나누어 불러 보겠습니다,

· 리더는 노래를 끝까지 끌지 말고 중간에 '스톱'하여 다음 팀에게 넘긴다. 스피드하게 진행한다.

23. 하품경쟁

소요 시간	2~3분	적용 시기	도입
대상	초등학생~성인	준비물	없음
장소	실내, 실외	인원	3명 이상

목적

· 경직된 분위기를 해소할 수 있다.

· 점심식사 후 나른함을 해소해 줄 수 있다.

· 옆의 사람과의 관계 속의 친숙함을 필요로 할 때 사용한다.

· 신체 활동을 통하여 근육을 이완시킨다.

주의점

· 잘못하면 소란스러워 질 수 있으므로 강사의 말에 따르도록 해야
  한다.
· 오랫동안 진행하면 통제가 어려워지므로 3회만 반복한다.

진행방법

· 양손은 앞에 내어 손가락을 깍지 끼어서 시작할 때 몸풀기 하는 게
  좋다.
· 그 상태에서 커다란 소리로 '이야~'하면서 양손을 위로 올리며 기지
  개를 켠다.
· 이 동작을 3회 반복하여 마지막에는 소리를 길게 내면서 기지개를
  켜는데 가장 오래 멈추지 않고 길게 소리를 내는 사람을 결정한다.

진행멘트

· (점심 먹은 직후나 오랫동안 의자에 앉아 피로하여 졌을 때 사용) 오
  랫동안 자리에 앉아 계셔서 힘드시지요?
· 저와 함께 하품경쟁을 해 보실래요?
· 깍지를 끼시고 저를 따라 해 보세요.
· 잘하셨어요.
· 마지막으로 '이야~'를 가장 길게 소리 내며 하품하시는 분이 이기는
  겁니다.

24. 묶어~놔

소요 시간	2~3분	적용 시기	도입
대상	초등학생~성인	준비물	없음
장소	실내, 실외	인원	3명 이상

목적

· 경직된 분위기를 해소할 수 있다.

· 점심식사 후 나른함을 해소해 줄 수 있다.

· 옆의 사람과의 관계 속의 친숙함을 필요로 할 때 사용한다.

· 신체 휠 동을 통하여 근육을 이완시킨다.

주의점

· 잘못하면 소란스러워 질 수 있으므로 강사의 말에 따르도록 해야 한다.

· 오랫동안 진행하면 통제가 어려워지므로 5회만 반복한다.

진행방법

· 가위, 바위, 보를 해서 진 사람은 손으로 둥근 고리를 만들어 그 속에 이긴 사람의 팔을 집어넣는다.

· 강사는 쉬운 동요를 합창하도록 하여 목소리가 높아지면 갑자기 '묶어'를 외쳐 팔을 넣은 자가 빼도록 하므로 묶이지 않고 빼는 자가 이기는 자가 되어 진 자는 어깨를 주물러 주므로 피곤하고 경직된 어깨를 마사지해준다.

진행멘트

· 식사하시고 강의 듣다 보니 피곤하고 힘드시죠?

· 저를 보세요.

· 지금부터 옆 사람과 짝을 지어 보세요. 그리고 가위 바위 보를 하세요.

· 진 사람은 엄지와 검지를 합하여 동그란 고리를 만드세요. 다 만드셨나요?

· 그럼 이긴 사람은 수갑을 찬 것처럼 팔을 그 고리에 넣으세요.

· 저와 함께 '내 동생 곱슬머리 개구쟁이 내 동생'을 다 같이 불러 봅시다.

· '묶어'라는 강사의 소리가 나면 고리를 만든 사람은 팔을 잡고, 팔을 넣고 있는 사람은 팔을 빼세요.

· 진 사람(팔을 못 잡은 사람)은 이긴 사람의 어깨를 주물러 주세요.

· 시원하시죠?

· 그럼 강의 또 시작하겠습니다.

25. 콩나물시루

소요 시간	2~3분	적용 시기	도입
대상	초등학생~성인	준비물	없음
장소	실내, 실외	인원	10명 이상

목적

· 경직된 분위기를 해소할 수 있다.

· 점심식사 후 나른함을 해소해 줄 수 있다.

· 옆의 사람과의 관계 속의 친숙함을 필요로 할 때 사용한다.

· 신체 활동을 통하여 근육을 이완시킨다.

주의점

· 잘못하면 소란스러워 질 수 있으므로 강사의 말에 따르도록 해야 한다.
· 오랫동안 진행하면 통제가 어려워지므로 3회만 반복한다.

진행방법

· 2팀으로 나눈다
· 각 팀에게 신문지 1장씩을 나누어준다.
· 시작 신호와 함께 수단과 방법을 가리지 않고 1분 이내에 신문지 위에 많은 사람이 올라서는 팀이 이긴다.
· 신문지 밖으로 조금이라도 발이 나와 있는 사람은 수에서 제외된다.

진행멘트

· 여러분 학교 다닐 적에 콩나물 버스 타본 기억이 나는지요.
· 너무 끼여 한 발자국도 옮기지 못하는 상황, 바로 얼굴을 보고 설 수 없어 고개를 숙이고 있었던 기억이요.
· 오늘 그 추억의 장소를 제공해보겠습니다. 신문지 1장씩 팀별로 바닥에 놓으세요.
· 올라타 보시죠.
· 다 올라타셨나요? 그러면 내려 신문지를 접어서 타보세요.
· 네. 우리는 옛 기억을 기억하며 즐거운 시간을 가져보았습니다.

26. 도전 3곡

소요 시간	2~3분	적용 시기	도입
대상	초등학생~성인	준비물	노래방기기
장소	실내, 실외	인원	3명 이상

목적

· 경직된 분위기를 해소할 수 있다.

· 노래를 통한 화합의 시간을 만든다.

· 노래 실력을 뽐낼 수 있다.

· 노래를 통해 마음의 문을 여는 시간이다.

주의점

· 잘못하면 소란스러워 질 수 있다.

진행방법

· 모임에 참석한 인원 중에서 도전자를 신청받는다.

· 곡은 미리 30곡을 앞에는 번호를, 뒷면에는 노래 제목을 써놓는다.

· 원하는 번호를 선택하도록 한다.

· 노래를 부른다.

· 첫 번째 곡이 가사와 음정이 맞는다면 다음 두 번째 곡을 선택하도록 한다.

· 두 번째 곡도 맞는다면 세 번째 곡도 부른다.

· 1번의 경고를 주고 2번째 틀렸다면 탈락시킨다.

· 위와 같은 방법으로 다른 도전자에게도 시행한다.

진행멘트

· 안녕하세요. 오늘은 여러분들의 노래 실력을 뽐내는 시간을 갖도록 하겠습니다.
· 먼저 도전에 참가하고 싶으신 분들은 신청하세요.
· 가사와 음정을 틀리지 말고 정확하게 노래를 3번 부르시면 도전에 성공하시게 됩니다.
· 자 시작해 볼까요?
· 잘하시는군요. 축하드립니다.
· 다음 분 올라오세요.

27. 물건 모으기

소요 시간	2~3분	적용 시기	도입
대상	초등학생~성인	준비물	가지고 있는 것들
장소	실내, 실외	인원	3명 이상

목적

· 경직된 분위기를 해소할 수 있다.
· 신체 활동을 통해 나른함을 없앤다.
· 친숙한 분위기를 만든다.
· 첫 만남의 서먹함을 없앤다.

주의점

· 물건을 주지 않으려고 할 때 강제로 가져오지 않는다

· 좋은 말로 협조를 구해야 한다.

진행방법

· 게임 진행방법에 대하여 설명해 준다.

· 30m 직선코스를 준비한다.

· 강사는 3명씩 라인에 대기시키고 소리로 출발신호를 보낸다.

· 15m 중간지점에 종이쪽지에 가져올 물건을 써 놓고 선수는 종이에
  쓰인 대로 가져와서 결승선까지 빨리 달린다.

· 빨리 결승선에 들어오는 사람이 1등, 2등, 3등 순으로 나뉜다.

· 같은 방법으로 계속한다.

진행멘트

· 안녕하세요. 오늘은 여러분들의 달리기 실력을 알아보는 시간을 갖
  겠어요.

· 3명씩 달릴 준비를 해주세요.

· 정확히 쓰여 있는 물건을 가지고 결승선을 들어오셔야 1등입니다.

· 자 시작해 볼까요?

· 몸이 잘 말을 듣지 않나요?

28. 안마해주기

소요 시간	2~3분	적용 시기	도입
대상	초등학생~성인	준비물	없음
장소	실내, 실외	인원	3명 이상

목적

· 경직된 분위기를 해소할 수 있다.

· 청중의 단합을 유도할 수 있다.

· 금방 분위기를 친숙하게 할 때 사용한다.

주의점

· 너무 세게 해서는 안 된다.

· 남의 몸을 함부로 만져서는 안 된다.

진행방법

· 진행방법에 대하여 설명해 준다.

· 서로 뒤를 보고 선다.

· 강사의 진행에 따라 어깨부터 가볍게 두들기며 시작한다.

· 어깨 다음으로 등 부위로 옮기면서 시원하게 앞사람을 안마한다.

· 뒤로 돌아 같은 방법으로 계속한다.

진행멘트

· 안녕하세요. 일로 지친 어깨의 근육을 풀어보는 시간을 갖겠습니다.

- 자 시작해 볼까요?
- 먼저 왼쪽으로 방향을 돌리세요. 좌측에 계신 분들의 어깨를 토닥토닥 두들겨 줍니다.
- 다음은 등 쪽을 손칼질로 두들겨 줍니다. 어때요, 피곤이 풀리시죠?
- 다음은 오른쪽으로 방향을 돌려 위의 방법대로 합니다.

29. 상대방 웃기기

소요 시간	2~3분	적용 시기	도입
대상	초등학생~성인	준비물	없음
장소	실내, 실외	인원	3명 이상

목적
- 경직된 분위기를 해소할 수 있다.
- 신체 활동을 통해 화합의 분위기를 만들 수 있다.
- 금방 분위기를 친숙하게 할 때 사용한다.

주의점
- 자칫하면 시끄러워질 수도 있다.
- 실례되는 행동을 하지 않는다.

진행방법
- 진행방법에 대하여 설명해 준다.
- 앞뒤 사람씩 짝을 짓는다.

· 먼저 가위, 바위, 보를 하여 진 사람이 이긴 사람을 웃긴다.

· 30초 이내에 상대방을 웃겨야 이기는 게임이다.

진행멘트

· 안녕하세요. 오늘은 여러분들에게 순발력이 어느 정도인가를 테스트해 볼까요.

· 상대방을 표정이나 몸짓, 말로 웃기는 거예요.

· 제한시간은 30초입니다. 30초 이내에 상대방을 웃기셔야 이기는 것입니다.

· 이제부터 상대방에게 웃음을 선사하십시오.

· 모든 피로가 풀릴 것입니다.

· 30초가 지났습니다. 이제 반대로 상대방을 웃겨 보세요.

30. 모이자

소요 시간	2~3분	적용 시기	도입
대상	초등학생~성인	준비물	카세트
장소	실내, 실외	인원	3명 이상

목적

· 경직된 분위기를 해소할 수 있다.

· 신체 활동을 통해 화합의 분위기를 만들 수 있다.

· 금방 분위기를 친숙하게 할 때 사용한다.

주의점

· 자칫하면 시끄러워질 수도 있다.

· 실례되는 행동을 하지 않는다.

진행방법

· 진행방법에 대하여 설명해 준다.

· 음악에 맞추어 원을 그리며 돈다.

· 진행자가 말하는 수 대로 모인다.

· 수에 포함되지 못한 사람은 빼고 나머지 인원으로 게임한다.

· 같은 방법으로 3회 정도 반복한다.

진행멘트

· 안녕하세요. 오늘은 여러분들과 모이자 게임을 가져볼 거예요.

· 진행자의 순서 진행에 따라 움직이세요.

· 음악에 맞추어 왼쪽방향으로 돕니다.

· ○○명 모입니다.

· 탈락자는 잠시 쉽니다.

31. 패션모델 만들기

소요 시간	2~3분	적용 시기	도입
대상	초등학생~성인	준비물	현재 물건중에서
장소	실내, 실외	인원	3명 이상

목적

· 경직된 분위기를 해소할 수 있다.

· 신체 활동을 통해 화합의 분위기를 만들 수 있다.

· 금방 분위기를 친숙하게 할 때 사용한다.

주의점

· 자칫하면 시끄러워질 수도 있다.

· 실례되는 행동을 하지 않는다.

진행방법

· 진행방법에 대하여 설명해 준다.

· 양 팀으로 나누어 각각 모델을 선정한다.

· 최고의 모델을 꾸미되 가지고 있는 물품을 이용한다.

· 콘셉트를 정하고 그에 맞는 모델을 꾸미면 된다.

· 제한시간은 3분이다.

진행멘트

· 안녕하세요. 오늘은 여러분들이 최고의 디자이너가 되어 보십시오.

· 가지고 있는 물건들을 이용하여 최고의 작품을 만드는 시간입니다.

· 꾸민 모델이 무엇을 상징하는지 말하면 됩니다.

· 여러분의 창의력을 마음껏 사용해 보십시오.

32. 인간 줄다리기

소요 시간	2~3분	적용 시기	도입
대상	초등학생~성인	준비물	없음
장소	실내, 실외	인원	3명 이상

목적

· 경직된 분위기를 해소할 수 있다.

· 신체 활동을 통해 화합의 분위기를 만들 수 있다.

· 금방 분위기를 친숙하게 할 때 사용한다.

주의점

· 잘못하면 시끄러워질 수도 있다.

· 실례되는 행동을 하지 않는다.

진행방법

· 진행방법에 대하여 설명해 준다.

· 양 팀으로 나누어 일렬로 서서 중앙에 서 있는 사람들끼리 마주 보고
  인간 띠를 만든다.

· 진행자의 신호가 떨어지면 줄다리기를 시작한다.

· 중앙선을 중심으로 자기편 쪽으로 상대편을 오게 하면 이기는 것이다.

진행멘트

· 안녕하세요. 오늘은 여러분들의 힘을 겨루는 시간을 가져보겠습니다.

· 진행자의 순서 진행에 따라 움직여 주십시오.

· 중앙을 중심으로 인간 띠를 만드세요.

· 신호가 떨어지면 '영치기~ 영차' 구호를 외쳐가며 서로 잡아당깁니다.

· 많이 당긴 쪽이 이기는 것입니다.

33. 닭싸움

소요 시간	2~3분	적용 시기	도입
대상	초등학생~성인	준비물	없음
장소	실내, 실외	인원	3명 이상

목적

· 경직된 분위기를 해소할 수 있다.

· 신체 활동을 통해 화합의 분위기를 만들 수 있다.

· 금방 분위기를 친숙하게 할 때 사용한다.

주의점

· 잘못하면 시끄러워질 수도 있다.

· 실례되는 행동을 하지 않는다.

· 다치지 않도록 유의한다.

진행방법

· 진행방법에 대하여 설명해 준다.

· 양 팀으로 나눈다.

- 진행자가 신호를 알리면 닭싸움 자세로 상대와 싸운다.
- 먼저 다리가 땅에 닿거나 넘어지는 쪽이 지는 것이고 넘어진 쪽의 다른 대체 인원이 이긴 상대와 겨룬다. 이렇게 마지막 선수까지 하여 최종 승자를 가린다.

진행멘트

- 안녕하세요. 오늘은 여러분들의 스트레스를 확 푸는 시간을 가져보세요.
- 진행자의 순서 진행에 따라 움직이세요.
- 두 번째 순서자부터는 대기하고 있다가 상대방이 이기면 곧바로 나가서 상대하세요.
- 기술과 심리를 이용해서 이겨 보세요.

34. 짝만들기

소요 시간	2~3분	적용 시기	도입
대상	초등학생~성인	준비물	글자가 쓰여있는 명찰, 바구니, 탁자 2개
장소	실내, 실외	인원	34명 이상

목적

- 이 게임은 미팅 축제나 쌍쌍 짝짓기 축제 등에서 활용하며 가능한 남녀 비율이 비슷할 때 진행하면 이상적이다.
- 파트너를 정하게 되면 더 많은 부분을 집중하여 참여할 수 있게 된다.

주의점

· 리더는 참가자들에게 혹시 짝이 마음에 들지 않더라도 기본적인 매
  너를 발휘하여 모든 게임이 끝나는 시간까지 서로 자연스럽게 대할
  수 있도록 부탁한다.
· 잘못하면 소란스러워 질 수 있으므로 강사의 말에 따르도록 해야
  한다.

진행방법

· 리더는 미리 명찰에 노래 제목, 가수, 갑돌이-갑순이, 짜장-짬뽕, 사
  랑-러브, 스위스 -취리히 등 의미가 서로 같거나 낱말이 같은 명찰을
  반으로 나누어 2개의 바구니나 탁자 위에 놓는다.
· 즉 갑돌이, 갑순이라는 명찰 2개를 A 바구니에는 갑돌이, B 바구니
  에는 갑순이, 이러한 식으로 따로 넣어야 한다는 것이다.
· 그다음 리더는 바구니를 한번 흔든 다음 2개의 큰 탁자나 아니면 마
  룻바닥에 경계선을 놓고 따로 쏟아붓는다.
· 이때 남자는 A 탁자 위에서, 여자는 B 탁자 위에서 자기가 좋아하는
  내용의 명찰을 1개씩만 집어 리더나 옆 사람에게 부탁하여 등에 붙
  여 단다.
· 이제는 자기 명찰의 글자나 의미가 같은 이성을 찾아가 '안녕하세요?
  저의 이름은 한광일입니다. 만나게 되어 반갑습니다. 이렇게 짝이
  되어 영광입니다'라고 악수와 인사를 나눈 후 두 사람은 짝이 되어
  앉는다.

· 안녕하세요. 지금부터 강의 진행상 파트너 정하기를 하겠습니다.

· 한 분씩 나와서 앞 탁자 위에 놓인 명찰 1개를 집어 옆에 있는 분의 등에다 붙여 달라고 해주세요.

· 여자분은 오른쪽 테이블에서 명찰을 잡으시고 남자분은 왼쪽 테이블에 있는 명찰을 집도록 합니다.

· 자 시작해 볼까요? 나와주세요.

· 이제 모두가 명찰을 달았으면 자기 명찰과 맞는 짝을 찾아가 인사 하도록 하세요.

· 짝을 찾으신 분은 이쪽 상단으로 와서 줄을 서고 앉아 주세요.

· 네 잘하시는군요.

35. 큰 빵 작은 빵, 긴 떡 짧은 떡

소요 시간	2~3분	적용 시기	도입
대상	초등학생~성인	준비물	없음
장소	실내, 실외	인원	3명 이상

목적

· 손놀림으로 참가자들을 집중시키는 게임

· 경직된 몸과 마음을 풀어준다

주의점

· 너무 어렵게만 해서 관심을 끌지 못하게 하면 안 된다.

· 운동적 요소를 강조한다.
· 진행하는 사람이 실수해서는 안 된다.

진행방법

· 지도자가 양손을 가지고 좌우로 넓게 벌렸다가 다시 가운데로 좁히
  며 동시에 '큰 빵, 작은 빵'이라고 크게 말한다. 그리고 다시 양손을
  상하로 크게 벌리고 좁혀 '긴 떡, 짧은 떡'이라고 크게 말한다.
· 이때 참가자들로 하여금 지도자의 말과 행동을 따라서 하도록 연습
  을 시킨다. 이번에는 지도자가 한 말과 행동에 대하여 반대말과 동작
  을 하도록 한다. 즉 지도자가 동작과 함께 '큰 빵, 작은 빵'이라고 하면
  참가자들은 이어서 동작과 함께 '작은 빵, 큰 빵'이라고 하도록 한다.
· 차츰 익숙해지면 빠르게 하면서 복잡하게 섞어서 진행을 한다.
· 이렇게 하면 대부분의 참가자들은 말과 양손을 얼버무려 자연스레
  폭소가 터지고 만다.
· 참가자들은 항상 지도자의 말과 행동에 반드시 반대로 해야 한다.

진행멘트

· 안녕하세요. 몸이 약간 찌뿌드드하시죠. 우리 몸 푸는 간단한 게임
  한번 해보도록 하죠.
· 제가 '큰 빵' 하면서 팔을 오므리고 '작은 빵' 하면서 팔을 펼치는데 이
  걸 따라 하시면 돼요.
· 반대로 '작은 빵' 하면 팔을 펼치고. 자 해보도록 하죠.
· '작은 빵, 큰 빵'

· 잘하시는군요. 다음은 '긴 떡 짧은 떡'인데 이것은 위아래로 펼쳤다 닫았다 하면 돼요.

· 자 시작합니다.

· '큰 빵, 작은 빵, 긴 떡, 짧은 떡 하면 작은 빵, 큰 빵, 짧은 떡, 긴 떡.'

· 몸 좀 많이 풀어지셨나요?

36. 끼리끼리

소요 시간	2~3분	적용 시기	도입
대상	초등학생~성인	준비물	디스코 테이프
장소	실내, 실외	인원	3명 이상

목적

· 경직된 분위기를 해소할 수 있다.

· 청중의 단합을 유도할 수 있다.

· 청중의 순발력을 높일 수 있다.

· 금방 분위기를 친숙하게 할 때 사용한다.

주의점

· 강사 자신이 너무 억압적이지 않도록 분위기 자체를 편안하게 해준다

· 춤을 못 춘다고 구박을 주어서는 안 된다.

진행방법

· 참가자 전원이 1열로 동그랗게 원을 만들어 서서 양손을 잡는다.

- 리더의 노래 선창과 함께 다 같이 노래하며 오른쪽으로 돈다. 가능하면 노래의 박자에 맞춰서 오른쪽, 왼쪽, 가운데로, 뒤로 등 리더의 구령에 따라 몇 발자국씩 움직이며 돈다.
- 노래하며 도는 도중 리더는 '열 사람', '다섯 사람', '남녀 1명씩', '같은 성씨끼리' 등으로 참가자들에게 주문한다. 이때 짝을 만들지 못한 사람은 탈락이다.
- 이번에는 쫓아내기를 하여 보내는데 먼저 조를 나누어야 한다.
- 예를 들어 전체가 60명이면 리더는 '10명' 하면 자연스럽게 각 조가 만들어지게 된다. 그리하여 자기 조끼리 손을 잡고 돌 때 리더가 아래와 같은 코믹한 주문을 하여 본다.
- 이때 자기 조에서 쫓겨난 사람은 자기 조 외의 다른 조로 들어가는데 '나는 콧구멍이 커서 쫓겨났습니다. 그렇지만 저를 사랑해주시기 바랍니다'를 하며 각 조에 1명씩 들어간다.
- 그리고 리더는 맨 마지막으로 '가장 잘생긴 사람'하고 외친다. 그러면 대부분 서로 자동적으로 나가려고 하는데 이런 사람들은 각 조로 들어가지 않고 앞의 무대로 나오게 하여 디스코 경연을 시켜보는 것도 재미있다.

진행멘트
- 이번엔 '끼리끼리 게임'을 하겠습니다.
- 하는 방법은 손을 잡고 노래를 부르면서 돌다가 짝을 찾는 것입니다.
- 자! 다 함께 노래를 부르면서 제 말에 맞추어 짝을 맞추어 보세요.
- '열 사람', '다섯 사람', '남녀 1명씩', '같은 성씨끼리'(계속 진행)

· 자 이번에는 지금 짝 지워진 조에서 제가 말하는 분을 쫓아내세요.

· 콧구멍이 가장 큰 사람을 쫓아내세요.

  - 얼굴이 가장 시커먼 사람

  - 키가 가장 큰 사람

  - 엉덩이가 가장 큰 사람

  - 가장 뻔뻔하게 생긴 사람

  - 코가 예쁜 사람

  - 입술이 예쁜 사람

  - 보조개가 있는 사람

· 이제 가장 잘생긴 사람을 쫓아내시고 그 쫓겨난 분은 앞으로 나오도록 하십시오.

· 그분들 중에 춤을 가장 멋지게 추신 분께 경품을 드리도록 하겠습니다.

37. 노래하며 안마하며

소요 시간	2~3분	적용 시기	도입
대상	초등학생~성인	준비물	노래테이프
장소	실내, 실외	인원	3명 이상

목적

· 긴장 풀기, 집중력, 기억력, 사회성을 길러준다.

· 경직된 분위기를 해소할 수 있다.

· 청중의 단합을 유도할 수 있다.

· 청중의 순발력을 높일 수 있다.

· 금방 분위기를 친숙하게 할 때 사용한다.

주의점
· 강사 자신이 너무 억압적이지 않도록 분위기 자체를 편안하게 해준다.
· 너무 세게 안마하지 않도록 한다.

진행방법
· 먼저 간단한 스트레칭으로 양손을 손가락지로 끼게 하여 손목과 손
 가락을 돌려 근육을 풀어주고 그다음에는 양팔을 뒤로 길게 펴서 기
 지개하게 한다. 그리고 오른쪽으로 전체가 돌아서 앉게 한 다음 빠
 른 노래를 하며 안마를 하게 한다.
· 안마는 오른쪽, 왼쪽, 앞사람의 두드리기, 주무르기, 꼬집기, 허리 만
 지기, 간지럼 태우기 등을 즐겁게 하도록 주문한다.
· 이와 같은 동작들이 익숙하여지면 이번에는 리더의 하나, 둘, 셋, 넷,
 등의 구령에 따라 아래와 같이 활동을 하게 한다. (이 때에는 빠른 박
 자의 노래를 부르며 한다)
 하나-오른쪽 사람의 어깨를 안마한다.
 둘—왼쪽 사람의 어깨를 안마한다.
 셋—엉덩이를 위로 2회 들썩거리며 손뼉 친다.
 넷 — 옆 사람 간지럼 태우기를 한다.
 다섯—일어서서 춤을 춘다.
 여섯-손잡고 오른쪽으로 8스텝 한다.
 일곱—손잡고 왼쪽으로 8스텝 한다.

여덟―손을 위로 잡고 가운데로 모인다. (8스텝)

(아니면 서로의 어깨를 잡은 상태에서 오른쪽 다리를 위로 찬다)

아홉―손을 아래로 내리면서 뒤로 간다. (8스텝)

(아니면 서로의 어깨를 잡은 상태에서 왼쪽 다리를 위로 찬다)

열―세 사람 이상을 찾아가서 배꼽을 찔러준다.

열하나―하던 동작을 멈춘다.

· 하나에서 다섯까지는 앉아서 할 때 적당하고 여섯부터 열하나 까지 는 큰 공간에서 일어서서 하면 재미있게 진행할 수 있다.

진행멘트

· 이제부터 서로에게 안마를 해 보도록 하겠습니다.

· 먼저 간단한 스트레칭을 하도록 하죠.

· 양손을 손가락지로 끼고 손목과 손가락을 돌려 근육을 풀어주고 그 다음에는 양팔을 뒤로 길게 펴서 기지개를 하십시오.

· 그리고 오른쪽으로 전체가 돌아서 앉게 한 다음 노래와 함께 저를 따 라 안마를 하도록 하세요.

하나―오른쪽 사람의 어깨를 안마한다.

둘―왼쪽 사람의 어깨를 안마한다.

셋―엉덩이를 위로 2회 들썩거리며 손뼉 친다.

넷 ― 옆 사람 간지럼 태우기를 한다.

다섯―일어서서 춤을 춘다.

여섯-손잡고 오른쪽으로 8스텝 한다.

일곱―손잡고 왼쪽으로 8스텝 한다.

여덟—손을 위로 잡고 가운데로 모인다. (8스텝)

(아니면 서로의 어깨를 잡은 상태에서 오른쪽 다리를 위로 찬다)

아홉—손을 아래로 내리면서 뒤로 간다. (8스텝)

(아니면 서로의 어깨를 잡은 상태에서 왼쪽 다리를 위로 찬다)

열—세 사람 이상을 찾아가서 배꼽을 찔러준다.

열하나—하던 동작을 멈춘다.

· 예, 이런 식으로 하시는 겁니다.

· 몸이 좀 풀리셨나요. 한 번 더 해보도록 하죠.

38. 동물농장

소요 시간	2~3분	적용 시기	도입
대상	초등학생~성인	준비물	없음
장소	실내, 실외	인원	3명 이상

목적

· 긴장 풀기, 집중력, 기억력, 사회성을 길러준다.

· 경직된 분위기를 해소할 수 있다.

· 청중의 단합을 유도할 수 있다.

· 청중의 순발력을 높일 수 있다.

· 금방 분위기를 친숙하게 할 때 사용한다.

주의점

· 강사는 억압적이지 않도록 분위기 자체를 편안하게 해 준다.

· 반주 음악을 준비하면 좋다.

진행방법

· 동물농장이라는 노래에 맞추어 동물과 기타 여러 가지의 생물의 울음소리와 흉내를 내다가 차츰 분위기가 익숙해지면 리더가 의도적으로 가사를 바꿔 부르고 차츰 분위기가 익숙해지면 참가자들은 그 가사에 따라 흉내를 내야 하는 게임이다.

진행멘트

· 이제부터 절 따라 해 보도록 하세요.
· 먼저 간단한 스트레칭을 하도록 하고요. (약간의 몸풀기를 한다)
· 자 다음에는 동물농장의 동물이 되어 우리 함께 놀아보도록 해요.
  - 어항 속에는 금붕어가~붕어 붕어(눈을 끔벅거리며)
  - 치킨집에는 통닭이~앗! 뜨거 앗! 뜨거(양손을 엉덩이에 대며)
  - 영순이의 방귀 소리~뽕뽕뽕(코를 만지며)
  - 화장실에는 똥파리가~나는 봤다~ 나는 봤다(머리를 아래로 숙여 올려본다.)

39. LOVE

소요 시간	2~3분	적용 시기	도입
대상	초등학생~성인	준비물	없음
장소	실내, 실외	인원	3명 이상

목적

· 긴장 풀기, 집중력, 기억력, 사회성을 길러준다.

· 경직된 분위기를 해소할 수 있다.

· 청중의 단합을 유도할 수 있다.

· 청중의 순발력을 높일 수 있다.

· 금방 분위기를 친숙하게 할 때 사용한다.

주의점

· 강사 자신이 너무 억압적이지 않도록 분위기 자체를 편안하게 해준다.

· 반주 음악이 있으면 좋다.

진행방법

· 노래 박자에 맞추어 양 손가락으로 동시에 L자 모양, O자 모양, V자 모양, E자 모양을 만든다.

· 또한 일어서서 두 팔로 하면 운동도 되어 재미있다. 이 게임은 식후에 나른하고 졸릴 때 하면 이상적이다.

진행멘트

· 졸리시죠? 이제부터 절 따라 해 보도록 하세요.

· 먼저 간단한 스트레칭을 하도록 하고요. (약간의 몸풀기를 한다)

· 이건 러브라는 간단한 율동인데 짝사랑이란 노래를 부르면서 절 따라 해보도록 하세요.

  L 동작은 오른팔-평형, 왼팔-위로

O 동작은 오른팔 왼팔을 동그랗게 잡는다.

V 동작은 오른팔 왼팔 위로 향하여 V자로 한다.

E 동작은 오른팔-구부리고, 왼팔-평형

40. 물종이 연지곤지

소요 시간	2~3분	적용 시기	도입
대상	초등학생~성인	준비물	작게 조각난 신문지 (가로 3㎝, 세로 3㎝) 30개, 물이든 종이컵
장소	실내, 실외	인원	3명 이상

목적

· 얼굴 근력, 지구력, 성취감을 기른다.

· 경직된 분위기를 해소할 수 있다.

· 청중의 단합을 유도할 수 있다.

· 청중의 순발력을 높일 수 있다.

· 금방 분위기를 친숙하게 할 때 사용한다.

주의점

· 강사 자신이 너무 억압적이지 않도록 분위기 자체를 편안하게 해준다.

· 반칙하지 않게 해야 재미가 많아진다.

진행방법

· 각 팀에서 2명씩 앞으로 나오게 하여 물 먹인 종이를 이마와 양 볼에

하나씩 붙여준다. 리더의 신호 소리와 함께 이것을 가장 빨리 떼는 사람이 승리하게 되는데 손으로 떼거나 머리를 흔들면 반칙이다.

· 물 종이를 떼기 위해서는 얼굴을 찌푸려야 하고 기괴한 표정들을 지을 수밖에 없는데 이것을 보는 관중들은 너무나 재미있어한다. 춤을 춰 떨어뜨려도 재미있다.

진행멘트

· 이번엔 재미난 얼굴을 구경해보는 시간이 되었습니다.

· 양 팀에서 한 분씩 앞으로 나와주세요.

· 자! 준비되었으면 같이 해보시지요.

· 시작!

· 너무도 화려한 얼굴 근육을 가지고 계시는군요. 그 비결이 무엇인가요?

41. 행운의 지폐

소요 시간	2~3분	적용 시기	도입
대상	초등학생~성인	준비물	천 원권 지폐 선물 또는 10원, 100원, 500원 동전
장소	실내, 실외	인원	3명 이상

목적

· 주의집중, 긴장 풀기, 집중력을 높인다.

· 경직된 분위기를 전환할 수 있다.

· 청중의 단합을 유도할 수 있다.

· 금방 분위기를 친숙하게 할 때 사용한다.

주의점
· 대상에 맞는 재미있는 선물을 준비한다.
· 숫자를 부를 때 분위기를 고조시킬 수 있도록 한다.

진행방법
· 진행방법에 대해 설명해 준다.
· 일종의 행운권 추첨이라고 볼 수 있는데, 사전에 조그마한 선물을 준비해두어야 한다.
· 모든 사람들에게 천 원권 지폐를 한 장씩 꺼내놓으라고 한다.
· 우리나라의 지폐는 '가나다'와 7자리 번호가 표기되어 있는데, '가나다'를 제외하고 사회자가 숫자를 1단위부터 차례로 불러 나간다.
· 단위가 높아질수록 탈락자가 많아지므로 1단위, 10단위, 100단위 정도에서 행운자가 결정된다.
· 한 단위에 번호를 2개씩 불러도 무방하다.
· 마지막까지 남은 사람에게는 준비한 작은 선물을 주거나, 아니면 천 원을 선물로 주는 것도 좋은 방법이다.
· 가볍게 동전으로 게임을 진행해도 되는데, 이때는 가장 오래된 동전을 소지하고 있는 사람에게 선물을 전하는 방식으로 한다.

진행멘트
· 지금부터 기발한 행운권 추첨을 하겠습니다.

· 각자 천 원권 한 장씩을 꺼내세요.

· 천 원권이 여러장인 분은 가장 행운이 있을 것 같은 한 장을 신중하게 고르세요. 여러분의 순간의 선택이 평생을 좌우할 수도 있습니다.

· 한 장뿐인 분은 이미 결정된 것이니 선택의 고민을 안 하셔도 됩니다.

· 자! 제가 부르는 숫자가 맞는 분은 일어서 주시기 바랍니다.

· 먼저 일의 자리! 예, 많은 분들이 일어나셨군요.

· 다음 십의 자리! 떨어지신 분, 아쉽습니다.

· 다음 백의 자리! 이분들은 어젯밤 무슨 꿈을 꾸었는지 옆 사람이 물어봐 주시기 바랍니다.

· 행운의 주인공 한 분! 박수로 모시겠습니다.

42. 손가락 움직이기

소요 시간	2~3분	적용 시기	도입
대상	초등학생~성인	준비물	없음
장소	실내, 실외	인원	3명 이상

목적

· 옆 사람과 마음을 열고 친해질 수 있다.

· 간단한 스트레칭을 통하여 근육을 이완하여 집중도를 높일 수 있다.

· 금방 분위기를 친숙하게 할 때 사용한다.

주의점

· 주위가 너무 소란하지 않도록 작은 소리로 말하게 한다.

- 벌칙을 가할 때는 상대방의 마음이 상하지 않도록 한다.

진행방법

- 우선 두 사람씩 짝을 짓는다.
- 한 사람은 두 팔을 교차시켜서 손을 깍지를 끼고 자신의 몸쪽으로 한 번 꺾어 준다. (가위 바위 보를 할 때 점 본다고 손을 꼬는 모양과 같다.)
- 깍지를 끼지 않은 사람이 깍지 낀 사람에게 주문을 한다. 손가락을 가리키면서 '이 손가락을 펴보세요' 하고 말한다.
- 손에 깍지를 낀 사람은 주문받는 손가락을 편다. 그러나 아마 뜻대로 되지 않을 것이다. 팔이 꼬여있기 때문에 그냥 깍지를 꼈을 때와 달리 자신의 맘대로 움직여지지 않기 때문이다.
- 이렇게 해서 만약 틀리게 되면 벌칙을 주도록 한다.
- 몇 번 한 뒤에는 역할을 바꿔서 하도록 한다.

진행멘트

- 이 시간에는 여러분의 손가락 유연성을 테스트해 보겠습니다.
- 두 분씩 마주 보세요.
- 가위 바위 보를 하셔서 진 사람이 두 팔을 교차시켜서 손을 깍지를 끼고 자신의 몸쪽으로 한 번 꺾어주세요. 이기신 분들은 진 사람들에게 원하는 손가락을 펴보라고 요구하세요.
- 진 사람들은 주문받는 손가락을 펴보십시오. 그러나 아마 뜻대로 되지 않을 것입니다. 자신의 유연성에 너무 절망하진 마세요.

· 손가락이 잘 펴지지 않으면 꿀밤을 한 대씩 때리도록 합니다.

· 자! 다시 한 번 가위 바위 보를 해봅시다.

43. 핸드폰 문자 보내기

소요 시간	2~3분	적용 시기	도입
대상	초등학생~성인	준비물	핸드폰
장소	실내, 실외	인원	3명 이상

목적

· 친목 도모, 긴장 풀기, 분위기 고조, 사회성 향상.

· 경직된 분위기를 해소할 수 있다.

· 청중의 단합을 유도할 수 있다.

· 같은 그룹의 사람들과 마음을 열고 친해질 수 있다.

· 자연스러운 분위기 속에서 전화번호를 서로 교환하여 알 수 있다.

· 금방 분위기를 친숙하게 할 때 사용한다.

주의점

· 주위가 너무 소란하지 않도록 작은 소리로 말하게 한다.

· 같은 그룹 안에서 소외되는 사람이 있거나, 소수의 사람에게만 집중
  되지 않도록 배려한다.

진행방법

· 먼저 3~4명의 소그룹을 만들어 준다.

- 그런 다음 1~3분 정도 소그룹 간의 이야기를 나눌 수 있는 시간을 준다.
- 서로에 대해 알 수 있도록 서로 다양한 질문을 하도록 한다.
- 서로 이야기를 나누고 난 뒤 진행자는 핸드폰을 꺼내라고 지시를 한다.
- 서로의 전화번호를 교환한다.
- 각각의 사람에게 그 사람의 첫인상과 느낌을 문자로 보내주도록 한다.
- 우리가 흔하게 하는 롤링페이퍼 형식을 따온 것으로, 현대사회에서 누구나 지니고 있는 핸드폰을 이용해 간단하게 진행할 수 있다.
- 자연스럽게 서로의 핸드폰 번호도 교환할 수 있고, 문자를 통한 친밀감도 생겨나기 때문에 분위기가 좋아질 수 있다.

진행멘트

- 현대사회에서 없어서는 안 될 가장 중요한 기계가 무엇일까요?
- 네 맞습니다. 바로 핸드폰이지요.
- 이 핸드폰으로 서로의 마음을 주고받을 수 있는 시간을 마련해보겠습니다.
- 4명씩 팀을 만들어 보세요.
- 다 만드셨으면 서로를 알 수 있는 여러 가지 질문을 하십시오.
- 자, 서로를 충분히 아셨습니까?
- 그럼 핸드폰을 꺼내세요.
- 서로 전화번호를 교환하시고, 첫인상, 느낌, 좋은 점 등을 문자로 보내십시오.
- 팀원 전체에게 골고루 보내시기 바랍니다.

· 문자가 익숙하지 않은 사람은 앞으로 분발하여 연습을 게을리해선 안 되겠지요?

· 기분 좋은 문자 많이 받으셨나요?

44. 빈칸 채우기

소요 시간	2~3분	적용 시기	도입
대상	초등학생~성인	준비물	칠판, 필기도구
장소	실내, 실외	인원	3명 이상

목적

· 생각하는 사고의 유연성을 기를 수 있다.

· 발표의 자신감을 심어주고 교육장 내의 분위기 고조에도 효과가 있다.

· 주의를 집중시킬 수 있다.

· 교육과 관련된 내용의 문장을 바꾸어 적용하면 자연스럽게 일석이 조의 효과도 볼 수 있을 것이다

· 경직된 분위기를 해소할 수 있다.

주의점

· 재미있는 말을 유도할 수 있는 문장을 제시한다.

· 여러 사람에게 기회를 주되 발표할 말이 생각나지 않는 사람은 강제로 시키지 않는다.

· 다양한 내용의 발표가 되도록 유도한다.

진행방법

· 칠판이나 큰 종이를 준비한다.

· 어떠한 설정 상황을 써 놓고, 그 밑에 나는 이럴 때 '○○○한다.'라
  는 문장을 쓴다.

· 그리고 '○○○', 채우기를 한다.

· 예를 들면 '나는 지나가는 커플들을 보면 ○○○한다.' 라고 쓴다.

· 사람들에게 ○○○에 무슨 말을 넣겠냐고 묻는다.

· 이때, 글자 수를 지켜 재치있는 말을 넣어야 한다고 주의를 준다.

· 사람들의 호응도가 가장 높았던 사람에게 작은 선물(사탕, 초콜릿
  등)을 주는 것도 한 방법이다.

· 한 번이 아니라 여러 번 해도 설정 상황이 기발하거나 엉뚱하면 계속
  해서 좋은 분위기를 이어갈 수 있다.

진행멘트

· 안녕하세요. 잠깐 여러분들의 재치가 얼마나 기발하였는지 알아보
  겠습니다.

· 제가 여기에 한 문장을 쓰겠습니다.

· '나는 지나가는 커플들을 보면 ○○○한다.' 이 문장의 ○○○에 글
  자 수를 지켜 재치있는 말을 넣어보는 것입니다.

· 많은 사람들에게 큰 박수를 받는 분에게는 아주 특별한 상품이 있습
  니다. 분발해주세요.

· 자, 시작해 볼까요?

· 잘하시는군요. 역시 대단한 언어의 마술사들이 계십니다.

45. 인디언 만들기

소요 시간	2~3분	적용 시기	도입
대상	초등학생~성인	준비물	스티커, 변장 도구
장소	실내, 실외	인원	3명 이상

목적

· 친목 도모, 분위기 고조, 창의적 사고력, 협동심.

· 상대방과 친해질 수 있다.

· 팀의 친목을 도모하고 협동심을 유발할 수 있다.

· 경직된 분위기를 해소할 수 있다.

주의점

· 여러 사람이 함께 협동하여 할 수 있도록 한다.

· 시간이 오래 걸리지 않도록 한다.

· 주변의 소지품을 최대한 활용하도록 한다.

진행방법

· 서로 2명씩 짝을 짓게 한다.

· 각각 가위 바위 보를 해서 이긴 사람이 진 사람의 얼굴에 스티커 하나를 아무 곳에나 붙인다. 5~6회 실시 후, 각 팀에서 가장 많이 붙인 사람을 나오게 한다.

· 팀별로 5분 정도를 주고 남여, 여남으로 변장시킨다.

· 가장 빠르고, 잘한 팀에게 시상한다.

진행멘트

· 각 팀의 협동심을 알아보는 시간을 갖도록 하겠습니다.

· 우선 두 분씩 마주 보시고 제가 하는 노래(짧고 경쾌한 노래)를 따라 부르며 가위, 바위, 보를 합니다.

· 이긴 사람은 스티커를 진 사람의 얼굴에 붙여주시기 바랍니다.

· 이왕이면 멋지고 재미있게 붙여주십시오.

· 5~6회 정도 반복하겠습니다.

· 각각 팀에서 스티커를 가장 많이 붙인 사람은 일어나서 나와주시기 바랍니다.

· 자, 이분들을 보십시오. 대단한 작품들이지요. 이런 명작을 만드신 분들에게 큰 박수를 보내드립시다.

· 자! 이분들을 변장시키는 것입니다. 여자는 남자로, 남자는 여자로.

· 여러분이 가진 모든 소지품을 활용하시기 바랍니다. 가장 훌륭한 모델을 만든 팀에게는 푸짐한 상품이 있습니다.

46. 유유상종

소요 시간	2~3분	적용 시기	도입
대상	초등학생~성인	준비물	메모지, 필기도구, 호루라기
장소	실내, 실외	인원	3명 이상

목적

· 친목 도모, 분위기 고조, 긴장 풀기, 집중력, 사회성, 협동심을 기른다.

· 여러 사람과 빠른 시간 안에 친해질 수 있다.

· 팀의 친목을 도모하고 협동심을 유발할 수 있다.

· 청중의 단합을 유도할 수 있다.

· 청중의 순발력을 높일 수 있다.

주의점

· 여러 사람이 함께 협동하여 할 수 있도록 한다.

· 시간이 오래 걸리지 않도록 한다.

· 진행자가 같은 사람끼리의 멘트를 다양하게 준비한다.

진행방법

· 모든 사람이 둥글게 또는 자유롭게 앉거나 서서 사회자의 지시에 따라 노래를 부른다.

· 사회자는 미리 준비한 메모지에 공통된 낱말을 적어 모든 참가자에게 보여준다.

· 참가자는 사회자가 지시한 사람들끼리 모여 앉는다.

· 예문은 '좋아하는 색', '여행하고 싶은 나라', '같은 길이 머리', '같은 색 티셔츠', '같은 색 양말', '같은 학년', '안경은 안경 끼리', '같은 발 사이즈' 등 재미있는 멘트를 준비한다.

· 모인 사람끼리 서로 자기소개할 시간을 주거나 간단하게 이야기할 시간을 준다.

· 정한 시간 내에 같은 사람끼리 모이지 못하고 방황하는 사람은 지정한 장소에 모아 두었다가 벌칙을 준다.

· 좀 더 단합을 주기 위해서는 모인 사람들끼리 노래나 구호 등을 외치고 헤치게 한다.

· 이 놀이의 또 다른 방법은 진행자가 '흰 운동화'라고 외칠 경우 흰 운동화를 신은 사람들만 자리를 바꿔 앉게 하는 것도 있다.

· 이때 자리를 바꾸지 못한 사람은 벌칙을 받게 된다.

· 사회자 없이 벌칙자가 요구하는 것으로 행동을 할 수도 있다.

진행멘트

· 여기 모인 사람들이 서로 공감대를 형성하여 친해질 수 있는 시간을 갖도록 하겠습니다.

· 자, 지금부터 제가 요구하는 노래를 신나게 부르다가 신호와 함께 제가 보여드리는 내용을 보고 같은 사람들끼리 모이시는 것입니다.

· 노래 ○○○를 불러 주십시오. 손뼉 치며 신나게 불러 주시기 바랍니다.

· 노래 중간에 호루라기나 종을 치며 매직으로 쓴 내용(예:같은 성씨끼리 모이세요)을 보여준다.

· 이제 빨리 모여 종친회를 시작하겠습니다.

· 예! 동작들이 매우 **빠르시군요.**

· 모인 분들끼리 서로 자기소개도 하시고 촌수도 따져보시기 바랍니다. 혹시 가까운 친척일지도 모르겠군요.

· 아직도 헤매시는 분은 앞으로 모시고 벌칙을 주도록 하겠습니다,

47. 갈수록 태산

소요 시간	2~3분	적용 시기	도입
대상	초등학생~성인	준비물	없음
장소	실내, 실외	인원	3명 이상

목적

· 긴장 풀기, 기억력, 집중력을 기른다.

· 참가자들의 이름을 빨리 익힐 수 있다.

· 참가자의 친목을 도모할 수 있다.

· 기억력과 집중력을 향상 시킬 수 있다.

주의점

· 참가자가 너무 많을 경우에는 지양한다.

· 자기소개 시간이 너무 오래 걸리지 않도록 한다.

· 자신의 이름을 다른 사람이 잘 기억할 수 있는 방법을 생각하여 말하
  도록 한다.

진행방법

· 모든 사람이 둥글게 앉는다.

· 제비를 뽑아 누구부터 자기소개를 할 것인지를 결정한다. 시간이 없
  을 경우 사회자가 정해도 무방하다.

· 맨 처음으로 소개하는 사람은 자기 이름과 신상에 대해서 간단하게
  소개를 한다.

- 두 번째 사람부터는 앞사람의 이름을 먼저 말하고 자기소개를 한다. (예: 000옆에 000입니다)
- 이런 식으로 맨 마지막 사람까지 소개해 나가는데 점점 갈수록 소개 절차가 길어지고 어려워진다. 즉, 앞사람들의 이름을 모두 외워야 한다.
- 도중에 이름을 못 외우거나 틀리게 말하는 사람은 잘 외울 때까지 시키거나 별칙을 준다.

진행멘트

- 이 시간에는 여러분들의 기억력을 테스트하는 시간을 갖도록 하겠습니다.
- 먼저 이 분(사람을 지적하며)부터 자신의 이름을 말씀해 주시고 간단한 자기소개를 해주시겠습니다.
- 자신의 이름을 말할 때는 한번 들으면 여기 계시는 사람들의 머릿속에 확실하게 기억되도록 정확하고 큰 목소리로 기발한 방법으로 말씀해 주시는 것이 좋습니다.
- 네. 뼈에 사무치도록 소개를 잘 해주셨습니다.
- 그 오른쪽 옆에 분은 앞사람 이름을 먼저 말하고 자기 이름을 말하시는 것입니다.
- 예를 들면 ○○○옆에 ○○○입니다,
- 다음 사람은 ○○○옆에 ○○○옆에 ○○○입니다.
- 앞사람의 이름을 한 사람이라도 말하지 못하거나 틀리는 경우는 별칙이 가해집니다.

· 예, 대단한 기억력이십니다. 이제 모든 분들의 이름을 아시겠지요?

48. 나는 개성파

소요 시간	2~3분	적용 시기	도입
대상	초등학생~성인	준비물	메모지, 필기도구
장소	실내, 실외	인원	3명 이상

목적

· 분위기 고조, 긴장 풀기, 집중력을 길러준다.

· 참가자들의 특징을 빨리 익힐 수 있다.

· 참가자의 친목을 도모할 수 있다.

주의점

· 자신의 특징, 자랑거리를 적는 데 시간이 오래 걸리지 않도록 한다.

· 발표자의 목소리가 크고 정확하도록 한다.

· 내용이 같을 경우 빨리 손을 들고 손든 사람의 수는 사회자가 세는 것보다 손든 사람이 번호를 말하며 내리게 한다.

진행방법

· 참가자 모두 주어진 종이에 자신만이 가지고 있는 특징이나 자랑거리를 쓴다.

· 될 수 있으면 다른 사람과 크게 구별되는 내용을 적도록 한다.

· 7~10개 정도 개조식으로 간략하게 적는다. (예:우리 집은 모두 8명의

대가족이다. 나는 빨간색을 좋아한다. 나는 스키를 잘 탄다. 등)

· 돌아가면서 한 명씩 발표한다.

· 발표자가 한 가지씩 말할 때마다 듣는 사람들은 자신과 같은 내용이면 손을 들어 표시하고 그 내용을 표시한다.

· 발표자는 각 항목마다 손을 든 사람만큼 벌점을 받게 된다.

· 모두 돌아가면서 자신의 총 벌점과 남은 항목의 수를 말하게 한다.

· 벌점이 가장 많은 사람과 남은 항목의 수가 가장 적은 사람에게 벌칙을 준다.

· 벌점이 가장 낮은 사람과 남은 항목의 수가 가장 많은 사람을 가장 독특하며 개성 있는 사람으로 뽑아 상품을 준다.

진행멘트

· 오늘날은 무엇이든 튀어야 합니다.

· 이 시간에는 가장 톡톡 튀는 사람이 누구인지 뽑도록 하겠습니다.

· 먼저 나누어 준 종이에 자신이 남과 구별되는 가장 독특한 특징이나 자랑거리를 7~10개 정도 써주시기 바랍니다.

· 자 이쪽에 앉은 분부터 한가지씩 말씀을 해주시기 바랍니다.

· 발표하는 내용과 같은 내용이 나오면 손을 들어 주시고 손을 든 사람의 수가 자신의 벌점이 되는 것입니다.

· 그리고 쓴 내용 중 발표한 내용이 있으면 지워주시기 바랍니다.

· 자, 그럼 가장 벌점이 높은 사람과 남은 항목이 적은 사람을 뽑겠습니다.

· 참가자들의 점수와 남은 항목을 조사하여 가장 점수가 높은 사람을

앞으로 모시겠습니다.

· 네, 너무나 평범한 이분에게 벌칙을 주도록 하겠습니다.

· 다음은 가장 벌점이 낮은 사람과 항목이 가장 많이 남은 사람을 모시
  겠습니다.

· 네, 이 분이 가장 톡톡 튀는 개성파이십니다.

· 이분에게는 상품을 드리겠습니다. 축하합니다.

49. 차례차례

소요 시간	2~3분	적용 시기	도입
대상	초등학생~성인	준비물	메모지, 필기도구
장소	실내, 실외	인원	3명 이상

목적

· 긴장 풀기, 순발력. 친목 도모, 협동심, 분위기 고조

· 참가자의 여러 상황을 빨리 파악할 수 있다.

· 참가자의 흥미를 높이고 적극적인 참여를 유도할 수 있다.

· 경직된 분위기를 해소할 수 있다.

· 청중의 단합을 유도할 수 있다.

· 금방 분위기를 친숙하게 할 때 사용한다.

주의점

· 사회자는 분명하게 순서가 정해질 수 있는 내용을 제시한다.

· 움직임이 많은 활동이므로 활동 공간이 확보되어야 한다.

· 팀의 수는 참가자의 수를 고려하여 나눈다.

· 한팀의 인원이 10~15명을 넘지 않도록 하는 것이 좋다.

진행방법

· 참가자의 수를 고려하여 팀을 나눈다.

· 사회자는 참가자에게 활동할 내용을 제시한다. (예:키순서, 생일 순, 집의 거리, 경력순, 나이순, 가족 수 등)

· 참가자들은 사회자가 제시하는 내용에 따라 서로 의논하여 차례차례 서도록 한다.

· 빨리 정확하게 서는 팀이 승리한다.

· 여러 차례 반복하여 실시하고 우수한 팀에게는 상품을 준다.

진행멘트

· 지금부터 여러분의 협동심과 순발력을 테스트해 보겠습니다,

· 먼저 팀을 나누도록 하겠습니다. (1팀당 10~15명 정하기)

· 다 나누셨으면 제가 말하는 내용을 잘 듣고 빨리 정확하게 정렬을 해 주시기 바랍니다.

· 자 먼저 각 팀별로 나이순으로 서주시기 바랍니다. (기타 여러 가지 재미있는 내용을 사회자가 말한다)

· 예, 서로 묻고 대답하느라 정신이 없군요.

· 먼저 정확하게 선 ○○○팀이 승리하셨습니다. 대단한 협동심입니다.

50. 신호등 토론

소요 시간	2~3분	적용 시기	도입
대상	초등학생~성인	준비물	빨강, 노랑, 초록, 색종이
장소	실내, 실외	인원	3명 이상

목적

· 참가자의 흥미를 높이고 적극적인 참여를 유도할 수 있다.

· 토론 능력을 키워줄 수 있다.

· 참가자가 강사나 참가자의 이야기를 신중하게 들을 수 있다.

· 주장에 대하여 근거를 제시할 수 있는 능력을 향상 시킬 수 있다.

· 참가자의 생각과 의견을 빠른 시간 안에 파악할 수 있다.

주의점

· 사회자는 찬, 반이 분명하게 나올 수 있는 내용을 제시한다.

· 사회자의 내용이나 참가자의 발표 내용을 잘 듣고 찬, 반을 표시하도록 한다.

· 의견이 한쪽으로 쏠리지 않고 팽팽하게 유지될 수 있도록 사회자가 발표자를 조정한다.

진행방법

· 색종이나 색이 나타나 있는 물건 빨강, 노랑, 초록색을 개별로 나누어준다.

· 사회자가 제시하는 문장을 잘 듣고 찬성은 초록, 반대는 빨강, 중립

은 노란색을 들어 자신의 의견을 나타내게 한다. (예:인간 복제는 인 정해야 한다. 사형은 폐지되어야 한다. 부부가 마음에 들지 않으면 이혼을 해야 한다. 등)
· 색종이나 물체가 없는 경우는 손가락으로 표시해도 좋다. (주먹:찬 성, 가위:반대, 보:중립)
· 각 입장에 있는 사람들에게 자기 의견을 근거를 대어 말하게 한다.
· 발표자의 내용에 찬, 반 중립의 입장을 색종이를 들어 나타내게 한다.

진행멘트

· 신호등을 잘 알고 계시지요?
· 이번에는 그 신호등을 이용하여 즐거운 게임을 해보겠습니다.
· 색종이 빨강, 노랑, 초록색 3장을 골라 갖도록 합니다.
· 제가 말하는 내용에 찬성은 초록, 반대는 빨강, 중립은 노랑을 들어 주시기 바랍니다. (사회자는 강의와 관련된 내용으로 찬, 반이 명확 한 내용을 준비한다.)
· 자, 빨간색을 드신 저분은 왜 빨간색을 드셨는지 들어 보지요?
· 빨간색을 드신 분께서 아주 잘 말씀을 해주셨지요?
· 저분의 의견에 찬성하면 초록, 반대면 빨강, 중립이면 노랑을 다시 들어주십시오.
· 네, 정신이 없으시지요. 앞사람 내용을 잘 듣지 않으면 아주 곤란합 니다.

51. 이름 배구

소요 시간	2~3분	적용 시기	도입
대상	초등학생~성인	준비물	없음
장소	실내, 실외	인원	3명 이상

목적

· 참가자의 이름을 빨리 암기할 수 있다.

· 참가자의 흥미를 높이고 적극적인 참여를 유도할 수 있다.

· 경직된 분위기를 해소할 수 있다.

· 청중의 단합을 유도할 수 있다.

· 금방 분위기를 친숙하게 할 때 사용한다.

주의점

· 게임 시작 전에 이름을 정확하게 소개하게 한다.

· 동일 이름을 한 사람이 1번 이상 반복하여 부르지 않게 한다.

· 팀원 전체가 참여하도록 한다.

진행방법

· 참가자를 두 그룹으로 나눈다

· 양 팀 모두 서로의 이름을 말한다.

· 자기 팀원과 상대 팀의 이름을 부르며 서브, 토스, 스파이크, 리시브를 한다. (예:서브 서브 ○○○, 토스 토스 ○○○, 스파이크 스파이크 ○○○ 등)

· 배구의 규칙처럼 3번 이상 자기 팀의 이름을 부르거나 바로 다른 사
  람의 이름을 부르지 못하면 점수를 잃는다.
· 이기는 팀에게 점수를 주며 계속 반복한다.

진행멘트

· 즐겁고 기발한 배구 게임을 하도록 하겠습니다.
· 먼저 두 팀으로 나누어 주시기 바랍니다.
· 자기 이름을 정확하고 큰 목소리로 또 다른 사람이 확실하게 기억할
  수 있도록 말합니다.
· 자, 두 팀 선수 중 대표 한 사람씩 뽑아 주세요.
· 네, 이분들이 각 팀 대표 선수들입니다.
· 두 대표 선수께서는 가위 바위 보를 하시고 이긴 팀이 먼저 서브를
  넣겠습니다.
· 네 A팀이 먼저 B팀에게 서브를 넣겠습니다. (서브 서브 ○○○)
· 받은 팀에서는 (토스 토스 ○○○)로 자기 팀에게 주거나, 다른 팀
  에게는 (스파이크 스파이크 ○○○) 로 보냅니다.
· 자기 팀에서 3번 이상 공(말)이 머물지 않도록 상대방 팀에게 넘겨주
  어야 합니다.
· 자기 팀에서 3번 이상 공(말)이 머물거나, 박자를 맞추지 못하거나,
  정확하게 이름을 말하지 못하면 점수를 잃게 됩니다.
· 네 A팀이 졌군요. 1 : 0. 분발하시기 바랍니다.
· 계속 진행하여 0점으로 경기를 끝내겠습니다.

52. 동전 내놓기

소요 시간	2~3분	적용 시기	도입
대상	초등학생~성인	준비물	백지, 필기도구, 동전이나 지폐
장소	실내, 실외	인원	3명 이상

목적

· 참가자의 흥미를 높이고 적극적인 참여를 유도할 수 있다.

· 자신의 생각과 의견을 여러 사람에게 말할 수 있다.

· 주장에 대하여 근거를 제시할 수 있는 능력을 향상 시킬 수 있다.

· 집단 의사 결정을 재미있고 합리적으로 할 수 있다.

· 참가자의 친목을 도모할 수 있다.

· 집단 의사 결정을 할 때 특정인에 의하여 모든 결정이 이루어지는 부작용을 막을 수 있다.

주의점

· 동일 주제에 각 개인의 의견이 분명하게 나오도록 한다.

· 자신의 의견에 대하여 근거를 대어 설명할 수 있도록 한다.

· 시간이 오래 걸리지 않도록 한다.

진행방법

· 4명 정도의 소그룹을 만든다.

· 개인별로 액수가 다른 동전이나 지폐 3종류를 꺼낸다.

· 돈이 없을 경우에는 필기도구로 돈의 액수를 써도 무방하다.

- 사회자가 요구하는 내용에 대한 각자 의견을 백지에 적는다.
- 돌아가며 자신의 의견에 대한 근거를 설명한다.
- 적은 내용을 모두 가운데에 놓고 펼쳐 놓는다.
- 자신이 좋다고 생각하는 내용부터 값이 큰 동전(지폐) 한 개씩 놓는다.
- 돈의 합이 가장 많은 의견을 결정한다.

진행멘트
- 이 시간에는 재미있게 의사 결정을 하도록 하겠습니다.
- 먼저 4명이 함께 모여 주시기 바랍니다.
- 그리고 모두 500원, 100원, 10원 동전을 꺼내십시오. (사회자가 모형 동전으로 준비해도 좋음)
- 제가 말하는 것에 여러분이 생각한 내용을 종이에 적어보도록 합니다. (예:올여름 휴가를 해외로 떠나려 합니다. 어느 나라로 가는 것이 좋을까요?)
- 다 적으셨으면 돌아가며 그 내용을 왜 적으셨는지 이유를 설명하시기 바랍니다.
- 적은 내용을 가운데 모으시고 가장 마음에 드는 의견부터 차례대로 500원, 100원, 10원을 놓으세요.
- 다 놓으셨으면 돈의 합계를 내시고 액수가 가장 많은 의견이 여러분이 선택한 내용입니다.
- 선택된 의견이 마음에 드십니까?

53. 순환 학습

소요 시간	2~3분	적용 시기	도입
대상	초등학생~성인	준비물	백지, 필기도구
장소	실내, 실외	인원	3명 이상

목적

· 강의내용을 정리하여 기억할 수 있다.

· 모든 참가자들이 참여하여 전체적인 내용을 빨리 정리할 수 있다.

· 참가자의 흥미를 높이고 적극적인 참여를 유도할 수 있다.

· 학습한 내용을 복습할 때 사용할 수 있다.

· 여러 정보를 다양하게 접할 수 있다.

주의점

· 모든 사람이 참여할 수 있도록 한다.

· 내용이 중복되지 않도록 한다.

· 글씨를 정성껏 써서 다른 참가자들이 볼 수 있도록 한다.

· 강의내용 중 핵심 내용을 적도록 한다.

진행방법

· 참가자를 몇 개의 소그룹으로 나눈다.

· 일정 크기의 종이를 그룹의 수만큼 나누어 주거나 벽에 게시한다.

· 각 그룹별로 강의내용과 관련된 주제를 제시하고 주제와 관련된 내용을 모든 그룹원이 1분 동안 동시 다발로 적는다.

- 내용이 적힌 종이를 돌려가며 1분간 읽고 1분 동안 **빠진** 내용을 적 는다.
- 계속 진행하여 소그룹 전체의 것을 돌아가며 읽고 적는다.
- 다 적은 후 게시하여 모든 참가자가 그룹별 내용을 미술관 관람하듯 보고 정리한다.

진행멘트

- 이번에는 여러분이 이 시간 알게 된 내용을 함께 정리하는 시간을 갖 겠습니다.
- 먼저 4~6명으로 그룹을 만들어 주세요.
- 다 만들었으면 소그룹별 이름을 정해주시면 좋겠습니다.
- 각 소그룹별로 제가 제시한 주제에 관한 내용을 1분 동안 정리해 주 세요.
- 다 적으셨으면 적은 종이를 오른쪽 그룹에게 보내주시기 바랍니다.
- 받으신 종이에 적힌 내용을 1분 동안 살펴보시고 빠진 내용이나 더 보충하고 싶은 내용을 다시 1분 동안 적어주시기 바랍니다. (계속 소 그룹 전체의 내용을 돌려 진행한다.)
- 다 적은 내용을 소그룹별로 벽면에 게시하여 주세요.
- 모든 참가자들은 게시된 내용을 읽어 보시고 오늘 강의내용을 정리 해 주시기 바랍니다.
- 오늘 강의내용 전체를 이해하실 수 있는 기회가 되셨으리라 생각합 니다.

54. 가치 수직선

소요 시간	2~3분	적용 시기	끝부분
대상	초등학생~성인	준비물	긴 줄, 또는 선을 그어도 됨
장소	실내, 실외	인원	3명 이상

목적

· 재미있고 자연스러운 토의 분위기를 조성할 수 있다.

· 소그룹 조직을 자연스럽게 할 수 있다.

· 자신과 생각이 같은 사람들과 생각을 공유하여 토의가 활발하게 이
 루어질 수 있다.

· 참가자의 흥미를 높이고 적극적인 참여를 유도할 수 있다.

· 어떤 주제의 내용에 대한 참가자들의 생각을 빨리 파악할 수 있다.

주의점

· 진행자는 참가자들이 다양한 생각을 할 수 있는 주제를 제시한다.

· 같은 위치에 있는 참가자들의 수가 너무 많거나 적을 경우 인원수를
 조절한다.

· 토의 분위기가 자연스럽게 조성되도록 유도한다.

· 시간이 너무 지연되거나 소란하지 않도록 한다.

진행방법

· 바닥에 노끈을 놓거나 그려서 수직선을 만든다.

· 절대 찬성, 절대 반대를 양쪽 끝에 표시한다.

· 강의 주제와 관련된 문제를 제시한다. (예:사형제도는 폐지되어야 한다. 통신 언어 이대로 좋은가? 인간 복제 허용해야 한다. 등)
· 자신의 입장에 해당되는 위치에 선다.
· 비슷한 위치에 선 참가자끼리 서로 자신의 입장에 대한 내용과 근거를 서로 이야기하여 발표를 한다. (이때 다른 위치에 선 참가자들과 각자의 입장을 토론할 수도 있다.)
· 전체 참가자의 생각을 정리한다.

진행멘트

· 이 시간에는 여러분들이 한 주제에 대하여 어떤 생각을 가지고 있는지 알아보도록 하겠습니다.
· 먼저 이곳에 긴 수직선을 하나 놓겠습니다. (또는 그리겠습니다.)
· 오른쪽 끝은 절대 찬성이며 왼쪽 끝은 절대 반대입니다.
· 따라서, 오른쪽에 가까울수록 찬성의 의견이 강하고 왼쪽이 가까울수록 반대의 의견이 강합니다.
· 제가 제시하는 주제에 대하여 여러분은 어떻게 생각하는지 수직선 위에 서주시기 바랍니다. (강의 내용과 관련된 주제를 제시한다.)
· 여러 위치에 서주셨습니다. 같거나 비슷한 위치에 서신 분들은 여러분들과 같은 생각을 한 같은 공감대를 가진 아주 반가운 분들이십니다.
· 같은 생각을 가지고 있다는 것은 정말 반가운 일입니다. 서로 악수와 인사를 나누세요.
· 왜 그렇게 생각했는지 허심탄회하게 이야기를 나누며 서로의 생각을 모아보세요.

· 각자의 입장에서 서로 토의된 내용을 대표 한 사람이 말씀해 주세요. (각 위치에 있는 대표가 발표한다).

· 여러 입장의 생각을 들었는데 듣고 난 소감은 어떠신지요. (각 위치에 있는 참가자 몇 명의 발표를 들어본다).

55. 미니 올림픽

소요 시간	2~3분	적용 시기	도입
대상	초등학생~성인	준비물	없음
장소	실내, 실외	인원	3명 이상

진행방법

· 참가국 결정: 팀별로 가상적인 국명(이름)을 만든다.

· 국기 만들기: 가상국을 상징하는 국기(옷, 보자기…)를 깃대에 단다.

· 선수 입장: 기수, 악대(깡통, 빈 그릇 등을 이용), 단장(모자, 머리띠)을 한 선수단 입장

· 성화 입장: 선수 입장이 끝나면 성화(빈 병에 촛불을 꽂은 것…)를 든 선수가 입장하여 선수단을 한 바퀴 돈 후에 성화를 안치한다.

· 개회 선언: 진행자 중 대표가 개회를 선언한다. (예: 지금부터 ○○○의 미니 올림픽을 시작하겠습니다.)

· 선수 선서: 참가자 대표가 단장 앞에서 선서한다. (선서문 사전 준비)

· 단장 환영사: 수련(야영)단장이 환영사를 한다.

· 국가와 임원소개: 각 팀별 국가와 임원 등을 소개한다.

· 선수 퇴장: 퇴장하여 정해진 위치에 앉아 응원을 한다.

· 게임 실시: 미니 올림픽 종목대로 경기를 실시한다.

경기종목 및 경기방법

1) 원반던지기

· 도화지로 만든 원반이나 은박지 접시 등을 원반으로 하여 던진다. (기록표에 거리를 측정하여 기록하고 우승자를 가리거나, 기대와는 다르게 기록과는 상관없이 던진 자세로 채점하여 발표할 수도 있다.)

2)창던지기

· 이쑤시개, 젓가락, 혹은 성냥개비 등을 창으로 하여 던진다. (기록표에 거리를 측정하여 기록하고 우승자를 가린다.)

3) 포환던지기

· 바람 넣은 풍선이나 종이비행기를 포환으로 하여 던진다. (기대와는 다르게 제일 적게 나간 것을 우승으로 할 수도 있다.)

4) 펜싱

· 신문지로 고깔모자를 만들어 쓰고 펜싱 자세로 상대방의 모자를 벗긴다.

· 칼은 신문지로 말아서 만든다.

5) 복싱

· 참가팀 전체가 각 팀별로 1열 종대로 집합하고, 출발선 전방에는 복싱 장갑과 바늘, 실을 준비해 놓는다.

· 출발신호와 동시에 달려가서 장갑을 끼고 바늘에 실을 꿴다.

· 릴레이식으로 하여 팀 전체가 가장 먼저 끝난 팀을 우승으로 한다. (복싱 장갑 대신에 다른 장갑을 사용할 수도 있다.)

6) 역도

· 이빨로 접시를 물고 귤 같은 과일 등을 올려놓는다.

· 많이 올려놓는 팀이 우승한다.

7) 레슬링

· 각 팀 2인 1조가 되어 결승선에서 풍선에 바람을 넣은 다음 두 사람
  이 가슴으로 터뜨리고 돌아온다.

· 릴레이식으로 먼저 끝낸 팀이 우승한다.

8) 유도

· 두 팀이 각각 1열로 마주 보고 어깨를 서로 마주 잡고 각자 발뒤꿈치
  에 매달은 풍선을 터뜨린다.

· 일정 시간이 지난 후 많이 터뜨린 팀이 우승한다.

9) 농구

· 휴지통이나 빈 통을 나무에 매달고 콩이나 동전, 풍선을 자유투 한다.

· 많이 넣은 팀이 우승한다.

10) 축구(돼지몰이)

· 릴레이로 럭비공을 몰고 반환점을 돌아온다.

· 먼저 끝나는 팀이 우승한다.

11) 야구

· 야구공 대신 축구공이나 농구공을 사용하여 야구 경기를 한다.

· 토너먼트로 진행해서 우승을 결정한다.

12) 탁구

· 밥상이나 작은 판자 위에서 탁구공으로 경기한다.

· 각 팀대표를 뽑아 토너먼트로 진행해서 우승을 결정한다.

13) 배구

· 고무풍선을 배구공으로 하고 손을 뒷짐 진 채 머리로 배구 경기를 한
  다. (공을 머리로 받은 횟수와 관계없이 땅에 떨어뜨리지 않고 상대
  코트에 넘긴다.)

명강사 명강의를 위한
신나는 강의 기법

SPOT

1판 1쇄_ 2006년 11월 05일
1판 4쇄_ 2016년 09월 30일

지은이_ 이광재
펴낸이_ 채주희
펴낸곳_ 해피&북스

출판등록번호_ 제13-1562호(1985.10.29.)
주소_ 서울시 마포구 신수동 448-6
전화_ (02)323-4060, 6401-7004
팩스_ (02)323-6416

이메일_ elman1985@hanmail.net
홈페이지_ www.elman.kr

ISBN 89-5515-334-1 03810

ⓒ 이광재